Por ley superior

Giorgio Fontana
Por ley superior

Traducción de Carlos Manzano

LIBROS DEL ASTEROIDE

Primera edición, 2017
Título original: *Per legge superiore*

Queda rigurosamente prohibida, sin la autorización
escrita de los titulares del *copyright*, bajo
las sanciones establecidas en las leyes, la reproducción
total o parcial de esta obra por cualquier medio
o procedimiento, incluidos la reprografía
y el tratamiento informático, y la distribución
de ejemplares mediante alquiler o préstamo públicos.

Copyright © 2011 Giorgio Fontana
First published in Italy by Sellerio editore, Palermo, in 2011
This edition published in agreement with
the Piergiorgio Nicolazzini Literary Agency (PNLA)

© de la traducción, Carlos Manzano, 2017
© de esta edición, Libros del Asteroide S.L.U.

Fragmento del poema «Tarea de toda una vida» de Erich Fried: traducción
de Ursula Barta, de *Es lo que es* (Ed. La Poesía, señor hidalgo, 2006).

Publicado por Libros del Asteroide S.L.U.
Avió Plus Ultra, 23
08017 Barcelona
España
www.librosdelasteroide.com

ISBN: 978-84-17007-23-2
Depósito legal: B. 24.039-2017
Impreso por Reinbook, serveis gràfics, S.L.
Impreso en España - Printed in Spain
Diseño de colección: Enric Jardí
Diseño de cubierta: Duró

Este libro ha sido impreso con un papel ahuesado,
neutro y satinado de ochenta gramos, procedente de bosques
correctamente gestionados y con celulosa 100 % libre de cloro,
y ha sido compaginado con la tipografía Sabon en cuerpo 11.

A mi padre

Por eso le estoy de verdad
un poco agradecido a la injusticia.
¿Qué haría sin ella
el resto de mi vida?

ERICH FRIED, *Tarea de toda una vida*

1

Los clavos. Todo comenzaba con ellos. Todos los días, al ir al trabajo o al salir para comer o al volver a casa, Doni se detenía un instante y los miraba.

Desde lejos, parecían solo imperfecciones o manchas naturales de las losas y, sin embargo, eran clavos, grandes clavos de expansión de metal: un modo de mantener firme el mármol, en vista de que la argamasa original estaba a punto de ceder y todo el edifico corría peligro.

En aquellos objetos había algo moral, naturalmente. El lugar de la Justicia sometido a las leyes más altas de la materia, pero Doni solo veía en ellos la idiocia humana y la advertencia de nunca edificar sobre arena.

El día en que ella le escribió, Doni pensó que el Palacio de Justicia había sufrido aquel destino porque rechazaba el espacio circundante. Lo combatía, por su incapacidad para pertenecer a aquella zona, como a cualquier otra de la ciudad, y no podía ser solo una cuestión de clavos, grietas y suciedad y ni siquiera la arquitectura fascista y el triunfo de la anchura sobre la altura bastaban para condenarlo: no, el Palacio tenía una particularidad única.

Era algo relacionado con el exilio, una sensación difícil de aprehender.

Dentro de aquel edificio, Doni se sentía exiliado del resto de la ciudad, de la nación, del mundo: mantenido en pie por la fuerza de centenares de clavos, arena edificada sobre arena.

El día en que ella le escribió, Doni, en lugar de tomar la barrita energética habitual, almorzó con Salvatori, un fiscal de la República sustituto. No era algo habitual. Los magistrados tenían siempre prisa y, como máximo, iban a algún horrible *self-service* de los alrededores.

Los pocos amigos que le quedaban, y su cuñado en particular, lo envidiaban por la situación del Palacio: podía ser un «armatoste que rechazaba el espacio», lo que se quisiera, pero estaba a unos pasos de la Catedral. A eso se debía que comiese en pequeñas *brasseries* deliciosas, de estilo francés, o en bares austeros del decenio de 1920: *risotto* con azafrán, bistecs y café, en la barra y sin quitarse la bufanda ni el abrigo.

En realidad, Doni y sus colegas prácticamente solo comían bocadillos. Muchos habían acabado concibiendo un auténtico odio al rito del almuerzo, y algunos resistían hasta el aperitivo o la cena, con los que se resarcían del resto.

Pero con Salvatori era distinto. Con él perder un poco de tiempo era agradable, porque era vulgar y desesperado, características que Doni aborrecía, pero que, reunidas en un lucano regordete, de unos cuarenta y cinco años y no carente de autoironía, producían una combinación divertida.

Fueron a un restaurante de Via Corridoni. Doni pidió un lenguado a la molinera y probó una cerveza artesanal. Durante toda la comida representaron el teatro habitual, en el que Salvatori hacía de charlatán y Doni daba respuestas telegráficas.

—Tú ya estás bien situado, ¿eh? —decía Salvatori.

—Más que estar situado, es que soy viejo.

—Pues sí, pero llegar a la Fiscalía General...

—Piensa que también tú llegarás. Basta con tener paciencia.

—Pero tú eres muy fuerte. Eres de los que trabajan denodadamente, lo sabe todo el mundo.

—Siempre he trabajado así.

—Sí, pero sigues haciéndolo. No te tumbas a la bartola. ¿Comprendes lo que quiero decir?

Doni movió la cabeza apenas.

—Ahora te conceden una bonita fiscalía de provincias y ya estás arreglado —insistió Salvatori—. ¿O no?

—Es lo que estoy esperando. Debía ir a Varese, pero prefirieron a Riccardi. —Doni cortó el último trozo de lenguado en dos partes iguales—. Más joven y más brillante que yo, al parecer.

—Y cuadra más con la línea de ellos.

—En efecto.

—Pero ahora te resarcirás, ¿no? Pavía, Piacenza... o incluso más al norte: Como... ¿cómo cojones se llaman esos sitios de por allí?

—No sé. ¿Como, Lecco?

—Sí, exacto: un sitio así.

—Ya veremos.

—Estás harto de esto, ¿eh?

Doni se encogió de hombros y tomó un sorbo de agua.

La camarera trajo la cuenta.

—Yo estoy hasta la coronilla —dijo Salvatori—. Milán me da asco. Ya hace cuatro años que trabajo aquí y no puedo más, pero ¡qué le vamos a hacer! Sí, ya sé, se sobrevive, pero precisamente ese es el problema. Milán es una ciudad atravesada. Yo aún no la entiendo y sobre todo no la conozco. Paso siempre por debajo de esta ciudad endemoniada. Vivo en Piola, tomo la línea verde del metro y después hago transbordo a la roja, salgo en San Babila por la mañana y por la noche hago el trayecto inverso. ¿Quieres decirme dónde coño vivo?

—En Piola.

—Sí, buenas noches.

—Puedes pasear de noche, si tanto te interesa.

—¡Qué va! ¿Adónde quieres que vaya? Además, es que en invierno hace frío y en verano calor.

—Bueno, pero ahora se está bien.

—Ah, ¿cómo podría explicártelo? Es una cuestión de momentos, de pasos. —Doni mostró una ancha sonrisa—. De satisfacción.

—Milán es una ciudad avara. Debes rogarle para obtener algo.

—Pero no estoy acostumbrado. Estoy habituado a que una ciudad se me ofrezca de frente, no que deba ponerme de rodillas y luchar por cada pizca de paz. Será que soy del sur, por soltar un tópico, ¡qué sé yo! Será lo que sea, pero, para vivir aquí, hace falta la ayuda de Dios.

—Amén —dijo Doni, y tomó otro sorbo de cerveza artesanal. Era fresca y fuerte; sintió que la boca se le relajaba y también un dolor agradable en las mandíbulas.

Salvatori lo miró fijamente y soltó una carcajada.

—Amén —repitió— y gloria a Dios en las alturas.

Pero, al salir del restaurante, Doni vio un rayo de luz que cortaba los edificios en el cruce con Via Conservatorio. Había una calma innatural en aquel momento, una belleza escrita en el contraste: refutada la teoría de Salvatori y Milán de improviso espléndida.

Doni recordó la época en que, de joven, volvía a la casa de su familia tras las clases de Derecho. Cortaba por aquellas calles y subía por Via Sottocorno y después por el Corso Indipendenza hasta la plaza de Susa, donde su padre había comprado un piso de tres habitaciones con los ahorros del abuelo. De vez en cuando se paraba en un bar del Corso a tomar un bocadillo o se desviaba hacia el norte e iba a ver una película en Corso Buenos Aires. No le inspiraba exaltación, solo el placer de una tregua.

Salvatori se le había adelantado unos pasos. Doni se detuvo un instante a mirar la luz de nuevo: el rayo se había fragmentado y se había vuelto como una nitidez dispersa que lo envolvía todo: las ramas llenas de gemas, las paredes de los edificios, los alféizares. Abril parecía un cuerpo más que un mes.

Un niño salió disparado hacia la fuentecita de delante de la iglesia de San Pietro in Gessate. Un anciano elegante se puso el periódico bajo el brazo y lanzó dos notas con un silbido.

Doni sintió un estremecimiento y lo relacionó con un placer que no sentía desde hacía tiempo, algo breve, inmediato y que probablemente dependiera de la cerveza: estaba vivo.

Pasó la tarde en la sección de informática, desenmarañando un problema con los técnicos. (Lo habían nombrado, a su pesar, encargado de los ordenadores de la Fiscalía General.) Una secretaria había borrado por error una parte de la base de datos, aunque siguiera negándolo. Estaba deshecha en lágrimas en la silla y movía la cabeza y el dedo índice: «¡No ha sido culpa mía! ¡No ha sido culpa mía!», decía. «De repente se ha cerrado una ventana en la pantalla, no he entendido lo que había pasado, pero ¡no ha sido culpa mía!»

Doni tenía pocas nociones al respecto y la responsabilidad de decidir qué salvar: los técnicos tenían muchas más, pero eran bastante confusas. Mientras hablaba sobre lo que se podía hacer, lo llamó Ferrero, un colega piamontés, delgadísimo, probablemente loco. Doni salió y respondió al móvil.

—Roberto —dijo—, estaba buscándote.

—Marco.

—¿Puedo robarte unos segundos? Tengo un problema con el ordenador.

—También yo —dijo Doni— y con varios ordenadores.

—¿En qué sentido?

—Estoy en la sala de los servidores y parece que ha habido un desastre.

—Ah —y, tras una pequeña pausa—: Se tratará de un virus.

—Activa el antivirus.

—No sé cómo se hace.

—¡Cómo! ¿Que no sabes cómo se hace?

—No lo sé. Tengo sesenta años, Roberto.

—¿Y qué tiene que ver? Yo tengo sesenta y cinco.

—¿No puedes venir a echar un vistazo?

Doni sintió que la sangre le pulsaba a la altura del muslo izquierdo.

—Marco —dijo con calma—, para eso están los técnicos. Llama a uno de ellos. Yo soy un magistrado. Ya estoy preguntándome por qué estoy aquí.

—Ya lo sé, ya lo sé, pero ya sabes lo que pasa... —Bajó la voz—. De ti me fío, porque eres un colega, pero esos a saber lo que contarán por ahí.

—¿Y qué podrían contar?

—Baja la voz... No, es que, ya sabes, pasas por ciertos sitios y después puede que te encuentres virus, ¿no?

—¿Ciertos sitios?

—Baja la voz.

Doni susurró:

—Marco, ¿quieres decir que visitas páginas porno en el trabajo?

—Que no, ¡qué porno ni qué niño muerto! Es decir, no exactamente. Navego por internet, de vez en cuando... De acuerdo, venga, entre hombres ya nos entendemos. Entonces, ¿me echas una mano?

Cuando volvió a su despacho, había menos luz y el Palacio había ganado la partida. La pequeña alegría del mediodía había desaparecido.

Doni levantó la cortina y miró afuera. Eran las seis y cuarto y gran parte del trabajo que debería haber acabado estaba aún intacto en el escritorio. Dedicó unos instantes a decidir si quedarse, como cuando era más joven (y le gustaba: le gustaba bajar corriendo a buscar una tortita y una coca-cola, le gustaba sentir el día que se iba, el escalofrío repentino del anochecer... le gustaba trabajar con el edificio desierto y a solas), o volver a casa.

Al final, decidió dejarlo. Estaba demasiado cansado y el final de la tarde pasado eliminando los virus de aquel pervertido de Ferrero lo había destrozado. Se sentó al escritorio, movió el ratón y abrió el Outlook para echar un último vistazo al correo electrónico.

Entre los mensajes aún no leídos, había uno de una dirección desconocida. Lo abrió.

2

El mensaje decía así:

Apreciado doctor Doni:

Me llamo Elena Vicenzi y soy una periodista *free lance*. Trabajo para algunos periódicos locales y sobre todo para la revista *A-Zone*.
Le escribo en relación con el **caso Ghezal**.
Me imagino que no es normal que un fiscal sustituto reciba pruebas para la defensa de un culpable, pero de usted me fío y creo que puedo hacerlo.
Voy al grano. He hecho una larga investigación en estos meses para un reportaje y tengo motivos poderosos para considerar que Jaled Ghezal no es culpable de ese crimen.
Dicho así, parece la carta habitual de una loca, por lo que le ruego ante todo que me crea: **no** estoy loca.
Debería hablar con usted urgentemente, en vista de que el juicio se celebrará dentro de tres semanas. ¿Podríamos vernos? Ya sea en el Palacio de Justicia o en

otro sitio, como prefiera. Se trata de la **vida de un inocente**.

Lo saludo cordialmente y con la esperanza de recibir una respuesta.

Elena Vicenzi

Doni permaneció un instante quieto delante de la pantalla; después cerró el mensaje y pasó a leer otros dos. Uno era de la sección milanesa de la Asociación. Iba dirigido a diversas personas y se refería al regalo que se debía hacer al fiscal general para la comida que organizaba todos los años en la región de Pavía. El otro era de una lista de distribución de la Magistratura Independiente, la corriente de derechas de la que era miembro y que nunca había contado gran cosa, pero a la que Doni se había apuntado igualmente: con un tercio de escepticismo, un tercio de convicción y un tercio de gusto por formar parte de una minoría.

Después volvió a abrir el mensaje de la periodista, entró en Google y buscó su nombre: Elena Vicenzi. Salió solo un puñado de resultados: algunos artículos relativos sobre todo a asuntos sociales. La revista *A-Zone* (no la conocía) la señalaba como uno de sus colaboradores.

El magistrado siguió fisgoneando. Vio que la periodista había logrado publicar en la edición digital del *Espresso* una pequeña investigación sobre alquileres abusivos en la zona de Fulvio Testi. Doni leyó la primera línea sin prestar atención y después buscó en la sección de Imágenes. Había solo una fotografía que parecía corresponder a ella: la resolución era mínima y no se veía claro, pero Elena tenía el pelo rubio y rizado, que le caía sobre los hombros, y no sonreía.

Doni cerró el correo electrónico y echó un vistazo a la página de la agencia Ansa: un homicidio en Emilia, altercados en el Parlamento, ataques a los magistrados en general y a los de Milán en particular.

Apagó el ordenador, cogió la chaqueta y volvió a casa.

3

Doni vivía en Via Orti, detrás de Corso di Porta Romana. Su casa quedaba a unos pasos del Palacio de Justicia, doce minutos exactos a pie con el ritmo que había adquirido a lo largo de los años.

A la ida subía por Via Commenda, siguiendo la pared del Hospital Mayor, con aquel aire suyo londinense, los ladrillos rojos al descubierto y las ambulancias en el aparcamiento. Después venía Piazza Umanitaria y enfrente un delicioso edificio beige. A veces, cuando salía temprano de casa, Doni se detenía unos minutos para saborear aquel placer único: sentarse en un banco del centro de Milán, bajo las ramas de los árboles, y entonces ya no estaba allí, sino en una ciudad del centro de Europa, una metrópoli sobria y digna —Viena, Múnich, París—, donde la forma y la memoria coexistían en la sombra de un escorzo.

Al final, desembocaba en Via Daverio, que ya mostraba la parte trasera del Palacio: el negro tejado realzado y los pisos añadidos en el decenio de 1980, que habían provocado el desplome de las losas. Desde allí parecía un galeón encallado.

Para volver a casa, como en aquel momento, cambiaba de itinerario y bajaba por Via Pace: las mismas calles y el mismo paso, ida y vuelta, doce minutos.

No siempre había sido así.

Años antes, vivía más al sur, por la circunvalación exterior, en una calle adyacente a la avenida de Luguria: los sábados de verano iba con Claudia y Elisa a merendar en los canales. Tomaban té y pastas y contemplaban el agua que discurría despacio; después Elisa daba una vuelta por las librerías y las tiendas del paseo a la orilla, compraba una sortija de madera o un collar y volvían a casa los tres: una familia.

¿Y antes? La casa de sus padres, dos años en Puglia, cinco de prácticas en las Marche y otros diez en Gallarate, los peores, en aquel lugar arrojado como un satélite cerca de Milán, ir y venir en coche y pasando hora y media en los atascos, discutiendo con Claudia porque no podían seguir así... en lo que parecía ser solo un único y larguísimo noviembre.

Pero ya se había acabado: la Fiscalía de Milán y después la Fiscalía General.

Doni subió por la escalera, en lugar de tomar el ascensor, y después entró en el piso. Claudia no había vuelto aún o acababa de salir.

Como en la comida ya había infringido la dieta, Doni cogió de la nevera una botella de Müller-Thurgau y algo para picar. Compuso un plato con tres lonchas de jamón español cortado a mano, dos rizos de mantequilla, unas anchoas marinadas, un trozo de parmesano y unos pimientitos rellenos. Contempló el resultado con admiración.

Después cogió una copa del aparador y se sirvió vino. Llevó todo ello al salón y encendió el estéreo: en el lector de CD estaba aún la *Quinta* de Mahler y a Doni le pareció bien así.

Dejó el plato en la mesita baja de cristal, echó un trago y apoyó la cabeza en el respaldo.

Se despertó al oír un portazo. Los fragmentos de la noche se juntaron uno tras otro. Mahler había llegado al rondó, el plato delante de él estaba aún intacto y Claudia había vuelto a casa.

—Hola —dijo esta a su espalda.

—¿Qué hay? —contestó Doni, cauto.

—Disculpa, he dado un portazo, pero, ¿estabas escuchando a Mahler?

—Bueno, sí, es que...

—Una elección audaz —dijo ella y sonrió. Mientras se quitaba el abrigo, se agachó a mirar el plato—. ¿Ya has cenado?

—No, no. —Doni tosió para dar cuerpo a la voz—. Solo quería tomar un aperitivo, pero, al parecer, me he quedado dormido antes.

Claudia rodeó el sofá y se le acercó. Parecía estar de buen humor y más guapa que por la mañana. Tomó una loncha de jamón y la mordió.

—¿Cómo ha ido la jornada? —preguntó.

—Normal.

—¿Sigues teniendo tanto trabajo?

—No demasiado. Después del sumario Santarelli, todo parece más sencillo.

—Lo creo. —Se quitó los zapatos—. Yo, en cambio, es que no paro. Me han asignado una nueva secretaria que no entiende nada, te lo juro. Debe de tener treinta o treinta dos años. No sé. El caso es que ya es un milagro que consiga enviar un fax.

Doni guardó silencio. No sabía qué responder.

Su mujer resopló.

—Bueno —dijo—, ¿qué te apetece cenar?

—Ni idea. ¿Pasta?

Claudia puso una mueca.

—Ya he comido en el almuerzo. Hemos ido a un precioso bar nuevo, cercano al trabajo. Tienen pasta hecha en casa, imagínate.

—¿Una ensalada?

—No, nada de ensalada, que tengo hambre.

—Pues... entonces cualquier otra cosa.

—Sí, ahora lo pienso y vemos.

Se levantó y fue al dormitorio. Las últimas frases de la sinfonía sonaban embarazosas en aquel momento y Doni se preguntó cómo había podido quedarse dormido con aquella música de fondo. Apagó el estéreo y se pasó las manos por la cara.

Claudia volvió vestida con vaqueros y camiseta y fue derecha a la cocina.

—Por cierto, he hablado con Elisa —dijo al pasar.

—¿Ah, sí? —dijo Doni.

—Aún anda de cabeza con la renovación de su beca: un incordio.

Doni guardó silencio. Se oyó ruido de ollas y platos.

—También en Estados Unidos pasa lo mismo, ¿eh? —gritó Claudia—. Hablamos de Italia, pero en el fondo nada cambia.

—Bueno, al menos hasta ahora le han pagado, e incluso bien.

—¿Cómo?

—Digo —repitió Doni— que hasta ahora le han pagado, e incluso bien, ¿no?

Claudia no respondió. Doni pensó en que llevaba meses sin recibir una llamada de teléfono de su hija y sus dos últimos correos electrónicos no habían obtenido respuesta. Claudia lo sabía y no tenía inconveniente en alardear de su privilegiado canal con Elisa: las mujeres de la casa, como siempre había ocurrido, y él, el pobre Roberto, el pobre papá, estático frente a la energía femenina de ellas, cuadrado y un poco mezquino frente a la apertura mental de ellas, lento y metódico frente a la abigarrada inteligencia de ellas... sobre todo frente a la de Elisa, que estaba estudiando Física en la Universidad de Indiana, en Bloomington, en el noroeste de Estados Unidos, mientras ellos envejecían en Italia.

«Bueno, marchaos a ese país las dos», pensó Doni. Después se lavó las manos y fue hasta su estudio, donde la *Magdalena*.

Por encima del escritorio había una reproducción de la *Magdalena* de Georges de La Tour. Él adoraba a aquel artista. No entendía nada de pintura, pero desde que había visto sus cuadros en una exposición en el Palacio Real se había enamorado. Le gustaban por una razón elemental, en el límite de la idiocia: porque estaban llenos de velas. La luz, en los cuadros de La Tour, parecía siempre algo frágil, algo que se debía proteger.

Doni posó las manos en el respaldo de la silla y miró su *Magdalena*. Hasta dos años antes había estado colgada en el dormitorio, pero un día Claudia, mientras se ponía el pijama, había llegado a la conclusión de que había dejado de gustarle. Atribuyó a la oscuridad del cuadro sus últimos sueños (inquietos, cargados de pesadillas) y pidió a Doni que lo quitara.

Se acercó al cristal. La mujer estaba vuelta hacia la vela, cuya luz apenas iluminaba en derredor. Tenía la barbilla apoyada en la mano izquierda y la derecha en una calavera, casi tragada por la oscuridad, que yacía sobre su regazo, sobre su falda roja.

La Magdalena carecía de expresión. Miraba fijamente la llama, nada más, y Doni sintió el estremecimiento de siempre: si hubiera soplado un poco en el cristal —pensó—, se habría apagado la vela.

La cena fue silenciosa. Al final, Claudia había optado por un par de caballas en sal. Comió apresuradamente, bebió la mitad de la botella de Müller-Thurgau y se levantó de la mesa antes de tomar la fruta.

—Tengo un dolor de cabeza enloquecedor —dijo—. ¿Te importaría recoger la mesa?

—No, mujer.

—No te pongas a lavar los platos, que no importan, pero, si recoges la mesa, te lo agradeceré.

—No te preocupes. Toma algo, una pastilla de Moment.

—¿Tenemos?

—Mira a ver en el baño.

—Las vi el otro día, pero creo que estaban caducadas.

—Compruébalo y, si es así, buscaremos las farmacias de guardia.

—De acuerdo.

—Tendría que haber alguna aquí cerca.

—Vale, vale.

Claudia salió del cuarto con una mano en la frente. Doni apiló los platos, los puso en el fregadero, junto con los cubiertos, los roció con un poco de detergente líquido, dejó correr el agua y después se asomó a la ventana.

Fuera, la calle estaba desierta y la noche, suave, con un poco de olor a tierra en el aire, como si alguien hubiera depositado a Milán en el campo. La luz de las farolas manchaba la calle a trechos regulares. No había nadie por las aceras. Un pájaro lanzó un canto breve.

Cuando volvió al dormitorio, Claudia ya estaba en la cama y dormida. Roncaba suavemente, con la boca semiabierta y tumbada de costado. Por la persiana entornada entraban haces de luz.

Doni eligió un pijama y encendió la lámpara de la mesilla. Claudia murmuró algo y se dio la vuelta. En la cómoda había una fotografía de Elisa. Doni la cogió y dio dos golpes secos en el cristal del portarretrato. Después movió la cabeza y rodeó con el índice el rostro de su hija. Apagó la lámpara y se metió en la cama.

4

Dos días después, Doni oyó que llamaban a la puerta de su despacho. Era poco más del mediodía y hacía mucho calor: la temperatura había vuelto a subir.

Los pasillos del Palacio de Justicia estaban inundados de luz granulenta y en las escaleras el olor a tabaco y a atmósfera cerrada resultaba casi insoportable. Todo parecía aún más estático, esa forma de suspensión que se aproxima casi a la belleza, propia de Chirico: una metafísica que llegaría al culmen en verano, cuando Doni caminaba por aquellos pasillos desiertos y altísimos como por las avenidas de una segunda ciudad.

—Adelante —dijo.

Entró una muchacha rubia de unos veinte años. Se volvió solo un instante para decidir si cerrar la puerta o no, después lo hizo, avanzó de nuevo y se quedó inmóvil.

Esa era otra cosa que la gente no sabía o que nunca habría creído: los locos, los clientes, como los llamaba un colega.

En el Palacio conseguía entrar más o menos cualquiera. Desde luego, había controles en la entrada, pero no era difícil superarlos. Doni había recibido ya otras veces visitas de megalómanos, viejos agilipollados, vagabundos que deliraban sobre conspiraciones planetarias e incluso de un niño que se había perdido durante una visita escolar.

El Palacio albergaba, invariablemente, a un extraño, alguien cuya presencia estaba prohibida y que, sin embargo, lograba infiltrarse en el vientre de la Justicia: no tanto una bacteria cuanto una célula llovida de otro mundo, un elemento inocuo pero clandestino.

De vez en cuando, alguien, invariablemente, llamaba a la puerta de los magistrados y soltaba su rollo. Llamaba, hablaba, chachareaba: cualquier cosa. ¿Cómo era posible? Doni no lo entendía, pero tal vez eso formara parte de la lógica del Palacio, zona en la que las reglas eran inciertas, lo opuesto de lo que debía ser: clavos y grietas, como siempre.

La muchacha lo miraba sin sonreír.

—¿El magistrado Doni? —preguntó.

—Sí. ¿Quién es usted?

—Elena Vicenzi, periodista. Le escribí un correo electrónico hace dos días sobre el caso Ghezal.

Doni cerró los ojos un instante y después recordó. No se parecía demasiado a la fotografía que había encontrado *on line*; aquella muchacha parecía más joven y sobre todo tenía el pelo corto. Decidió permanecer alerta y se limitó a asentir con la cabeza.

—No me ha contestado —dijo la muchacha.

—No —dijo Doni y después endureció la voz—. No, no le he contestado. ¿Podría enseñarme su carnet?

—¿Cómo?

—Su carnet de periodista, tenga la bondad. ¿Cómo ha logrado entrar aquí?

Ella puso expresión de asombro. Buscó en su bolso blanco, sacó el carnet y se lo dio a Doni.

—Soy publicista —dijo—. Como le escribí, trabajo de *free lance*.

Doni la miró un instante.

—¿Y cómo ha logrado entrar? —repitió.

—Pues... he preguntado por usted en la entrada y me han explicado el camino. Eso ha sido todo.

—Eso ha sido todo.

—En efecto ha sido bastante sencillo. No me lo imaginaba.

—Ya somos dos.

Permanecieron en silencio un instante. Doni alzó la vista y advirtió su vestido floreado, un poco del estilo de los años sesenta, bastante fuera de lugar en aquella situación. Era muy delgada.

—En cualquier caso —prosiguió ella—, he venido directamente porque no me ha contestado usted y el tiempo apremia. Solo necesito hablar con usted sobre Jaled Ghezal.

Doni negó con la cabeza:

—De ninguna manera.

Ella dio un paso al frente.

—Señor magistrado, sé que estará pensando que soy una loca o que le pido una entrevista. En modo alguno es eso.

—Es una cuestión que supera...

—Lo sé —insistió ella—. Lo sé, lo sé, le ruego que me escuche solo unos instantes. No tengo experiencia con estas cosas y también para mí es, verdad, la primera vez, lo de escribir a un magistrado, a un fiscal sustituto, y después presentarme aquí así... es decir, que en modo alguno es un procedimiento habitual ni cotidiano, ¿verdad? —Sonrió, parecía desarmada, pero se apresuró a continuar—: Pues mire. Como le he explicado en el correo electrónico, Jaled en realidad es inocente. No fue él quien disparó. Ni siquiera estaba allí cuando sucedió. Es un buen muchacho, nunca ha hecho nada malo ni ha tenido en su vida una pistola en la mano. Conozco a gente que puede confirmarlo. Conozco a personas que lo saben y que también saben dónde estaba aquella noche, dónde se encontraba y qué hacía. Me imagino que parece una locura, en vista del desastre que hubo después, pero es la verdad. Debe creerme.

Doni esperó un instante y después adoptó un tono sarcástico.

—Sí que la creo. Si tiene todas esas pruebas, basta con que se las aporte al abogado de Ghezal y él las presentará en la fase de apelación. —Sonrió—. Por si no lo ha comprendido aún, yo, aquí, represento al malo.

—Sí.

—También yo he propuesto que se recurra. Soy yo quien considera que los atenuantes reconocidos en primera instancia son más débiles que los agravantes. ¿Sabe usted eso?

Los dos sostuvieron la mirada.

—Sí, sí. Lo sé.

—¿Entonces? —preguntó Doni.

Ella movió la cabeza, mientras se llevaba una mano al cuello. Después bajó la vista.

—No puedo fiarme del letrado Caterini.

—¿En qué sentido?

—El letrado Caterini, el defensor de Jaled. No puedo fiarme de él.

—¿Por qué?

—Porque... pues porque ya he ido a verlo y es un idiota. Perdóneme, pero me ha parecido incapaz de distinguir una pregunta de una afirmación. Me mandó a paseo al cabo de diez minutos, tras asegurar que ya tenía todos los elementos suficientes para obtener una pena menor y que, en cualquier caso, ya se habían explorado todas las vías y no había motivo para recurrir a otras personas: el caso era ya lo bastante grave y había que limitar los daños; desde luego, era una tragedia, etcétera, pero nada más.

Doni dejó escapar una sonrisa. Era lo que pensaba de aquel abogado... tal vez lo que pensaba de todos. Enrico Caterini, hijo de un viejo activista del PCI: retórica profusa y poca competencia.

—Y me ha parecido, ¿cómo podría decirlo?, ideologizado. Como si Jaled fuera un pobre desgraciado que se hubiese encontrado por error o por deudas en una situación que lo supera a él y a todos los pobrecillos inmigrantes como él.

Doni ensanchó la sonrisa: aún mejor. La muchacha no se dejaba extraviar por los abogados de izquierda.

—Pero es que Jaled no necesita una confirmación de la pena. Jaled es inocente, ¿comprende? Y a estas alturas solo puedo fiarme de usted, aunque parezca absurdo. —Esperó un instante, pero Doni no respondió nada. Se rascó, nerviosa, una mejilla y añadió—: Y, además, es que ninguno de los testigos quiere presentarse ante el tribunal. Todos temen perder el permiso de residencia o sufrir represalias.

—Típico.

Doni se levantó de la silla y dio media vuelta en torno al escritorio.

—Mire —dijo. Había vuelto a cambiar de tono—. Aprecio su sentido, digámoslo así, cívico y su dedicación a un caso complicado, pero existen los procedimientos y esta conversación es una transgresión de todas las reglas. No estoy dispuesto a continuarla.

—¿Por qué? —preguntó la muchacha.

—Se lo acabo de explicar.

—Pero estoy diciéndole la verdad.

—Eso no tiene la menor importancia.

—¿Que no tiene importancia? Entonces, ¿qué es lo que tiene importancia?

Doni suspiró. No podía creer que hubiera llegado hasta aquel extremo.

—La Justicia es una máquina compleja —dijo—. Funciona con mecanismos precisos y no se pueden transgredir. Naturalmente, la verdad es lo único importante, pero solo se pueden seguir los pasos dispuestos en la ley: es triste, es feo, pero es así, porque cualquier otra opción sería el caos. Ahora, le ruego...

—Entonces, si un hombre es inocente, ¿seguirá siendo culpable solo porque nadie haya tenido el valor de arriesgar la piel por él? Porque de eso es de lo que estamos hablando, señor magistrado. Si mis testigos se presentan ante el tribunal, están perdidos, por una parte o por la otra. Saldrá a la luz que no tienen permiso de residencia y deberán marcharse o, si no, el verdadero culpable los encontrará y los matará. Total, ¿a quién importa? ¿Verdad? ¡Son unos putos magrebíes!

Doni se quedó con la boca abierta.

—¿Cómo se atreve? En modo alguno se trata de eso.

—En el fondo, sí. Ya lo creo que sí. Si alguien no está

en condiciones de testificar, porque su vida está en peligro, la ley debería brindarle alguna garantía.

—Y así es.

—En teoría, señor magistrado, no nos engañemos. En la práctica, nadie se meterá en líos para proteger o dar garantías a unos inmigrantes clandestinos. ¿O me equivoco?

—Mire, no entiendo a dónde quiere usted llegar.

—A mi punto de partida. Debe usted escuchar a esas personas y le juro que no me moveré de aquí hasta que no llame a la policía para expulsarme, porque es algo que está por encima de mí y de usted. Lo digo en serio.

Doni se dio cuenta de que no conseguiría despacharla aprisa. Tendría que llamar a la policía, pero no tenía ganas de hacerlo. Estaba harto y lo estaba incluso de molestarse por una intrusión que no tenía razón de ser... que se debería haber interceptado antes.

Y, además, es que la jornada se anunciaba monótona y fatigosa y, en el fondo, a Doni el temple de la muchacha no le desagradaba. Decidió probar una última táctica, la única por la que era conocido: escuchar, con paciencia, con participación, con delicadeza, escucharlo todo de principio a fin.

Con los criminales funcionaba: no hay delincuente que no quiera, en el fondo, sentirse comprendido, y de joven Doni pensaba que esa era la razón por la que en los tebeos los malos pronunciaban siempre largos monólogos en los que reconocían el móvil y todo lo demás. Todos queremos ser comprendidos, pensaba Doni, porque todos estamos solos como perros y, si también yo me siento así, ¿por qué no un malhechor o un mafioso?

En realidad, aquella teoría adolecía de cierta humanidad y Doni iba a comprenderlo en los años siguientes, pero, en el fondo, siempre había funcionado.

Así, pues, abrió los brazos y dijo:

—Mire, normalmente habría dicho a los guardias que la expulsaran a patadas, porque, si hay algo en lo que creo, es en la necesidad de trabajar por la gente en paz, pero, al fin y al cabo, es casi la hora de almorzar. ¿Qué le parecería que fuéramos a comer un bocadillo aquí abajo? Tengo muy poco tiempo, pero veo que sus razones son muy poderosas y voy a transgredir las reglas.

—¿De verdad? —dijo la periodista.

—Sí.

—¡Gracias! Muchas gracias, no sabe usted lo importante que es.

—Media hora, no más. Y no haré otra cosa que escuchar.

—Desde luego.

Doni asintió con la cabeza. Se volvió para coger el abrigo, pero decidió dejarlo en el despacho.

El sustituto del fiscal general y la periodista recorrieron juntos los pasillos del Palacio.

5

El caso Ghezal, como lo había llamado la periodista, era un proceso de apelación que se celebraría al cabo de veinte días: nada extraño ni diferente de lo que Doni había visto en casi cuarenta años de carrera. En cierta ocasión, había pensado que el mal no era trivial ni original, sino simplemente la historia normal, la de personas que desean algo que no pueden tener.

En el microcosmos, eran hombres pendencieros que golpeaban hasta hacer sangre a sus mujeres sospechosas de traición, en algún pueblo remoto del Veneto o del Lazio. En el macrocosmos, eran organizaciones criminales inmensas que no descuidaban ningún detalle, ninguna pizca de poder, para reproducirse e implantarse por doquier y por la fuerza, pero se trataba de diferencias de grado y no de sustancia, según Doni: el mal era el mal, siempre el mismo.

Desde ese punto de vista, el caso Ghezal podía resultar terrible solo a quien no estuviera acostumbrado, no como él y sus colegas. No por ello resultaba menos terrible en sí, desde luego, ni éticamente más fácil de abordar: simplemente, lo encuadraba en una dimensión, en una galería de vejaciones que no tenía fin y sobre la cual se edificaba la vida en común, el precio que pagar por todo instante de tranquilidad. Era una visión amarga, pero Doni había aprendido desde hacía tiempo que las esferas del mundo se regían por el egoísmo.

Y, siempre que volvía a examinar sus documentos, era como si también su cabeza pensara de forma concisa y concreta: aquellos hechos no admitían florituras, porque el mal mismo no las admitía, hablaba la más viva de las lenguas: la más simple y universal. También por eso —pensó— estaban siempre escritos en presente. Nunca dejan de existir.

Y también aquella vez volvió con la cabeza al presente.

El 9 de octubre, hacia las ocho y media de la noche, tres inmigrantes agreden a un italiano y a su novia en Via Esterle, una adyacente de Via Padova.

El italiano se llama Antonio dell'Acqua: veintiocho años, sin antecedentes, dependiente de una tienda de telefonía en Cinisello Balsamo. En cambio, la novia es de familia burguesa: veintitrés años, estudiante en la IULM de Milán y residente en la Piazza Cavour. Nombre: Elisabetta Medda, hija de Giancarlo Medda, empresario.

Antonio fuma hachís de forma regular y de vez en cuando compra a algunos tunecinos de Viale Monza unos gramos más para sus amigos. Según sus declaraciones, hacia mediados de septiembre compró bastante más de lo habitual.

La justificación era una gran fiesta en Cinisello, pero

exageró por estar convencido de que revendería deprisa lo que quedara. (O tal vez estuviera pensando en hacer un pequeño negocio también él.)

En cambio, la prevista fiesta falla, no se presentan los compradores y Antonio se encuentra con doscientos gramos de chocolate. Ha pagado solo cien con sus ahorros y por los otros cien tiene una deuda que saldar dentro de diez días: mil euros. ¿De dónde los sacará? Su madre está en el paro y los amigos ya le han prestado demasiado dinero.

Decide ausentarse del barrio y no dejarse ver el día del pago. Nadie lo telefonea —había dado su número de teléfono al proveedor— y el asunto parece acabado ahí: ya lo despachará con calma el mes siguiente.

Así, pues, el 9 de octubre, Antonio y Elisabetta salen para dirigirse a una pizzería de Via Palmanova, regentada por un amigo del muchacho. Aparcan en Via Esterle, zona mal iluminada. Al cabo de pocos pasos, se acercan tres norteafricanos. Atrapan a Antonio por detrás y empiezan a golpearlo. Elisabetta lanza un grito, uno de los tres le da una bofetada y la amenaza. Ella guarda silencio. Al parecer, nadie observa la escena, nadie hay en la calle y nadie ha visto nada por una ventana.

Después de haberlo dejado en el suelo, uno de los tres saca una pistola. Apunta a la sien de Antonio y dice:

—La próxima vez morirás, ¿vale? Conque paga. De momento, nos quedamos con esto. —Le quitan la cartera y el teléfono móvil. Los otros hacen lo mismo con Elisabetta, quien no opone resistencia.

En ese momento, Antonio se levanta e intenta dárselas de héroe: guion que Doni ya ha visto y conocido demasiadas veces. Se lanza sobre el norteafricano armado y le da un puñetazo en las costillas. Hay una lucha breve, los dos ruedan por el suelo cerca de Elisabetta, el norteafricano grita algo en árabe y saltan dos tiros.

El primero acaba en el vacío.

El segundo acierta a Elisabetta.

Antonio corre hasta un bar y llama a la policía, mientras los tres norteafricanos escapan. Llevan a Elisabetta al hospital y la operan de urgencia. El proyectil le ha afectado a la columna vertebral. Se salva, pero queda paralítica.

Al principio, Antonio intenta presentarlo todo como un robo ocasional, pero la situación es demasiado complicada. Al final confiesa y Elisabetta confirma su versión. El proyectil extraído a la muchacha es un 7,65... y en Via Esterle la policía ha encontrado otro idéntico.

Durante el interrogatorio, Antonio cita el nombre de Jaled Ghezal y afirma estar seguro de haberlo reconocido entre los agresores de aquella noche. Además, afirma que hacia la hora de comer había recibido una llamada de teléfono en la que Jaled le decía —sin añadir amenazas, pero con tono sospechoso—: «Nos veremos muy pronto».

Jaled es un albañil tunecino de veinticinco años, con permiso de residencia. Vive en la zona de Via Padova con su hermana y no tiene antecedentes penales. Frecuenta los mismos ambientes que Antonio, a quien ha conocido en la obra, en la que también trabaja el primo del muchacho. A veces ha fumado con él o lo ha ayudado a encontrar el hachís, pero no es un proveedor.

Según la reconstrucción de Antonio, Jaled es un tipo tranquilo. Supone que lo han reclutado porque debía un favor a alguien y, de todos modos, ¿cómo vas a fiarte de esos magrebíes? En cualquier caso, es cierto que entre los agresores estaba también él.

La policía obtiene la transcripción de las llamadas del teléfono móvil del muchacho y se remonta hasta el número del de Jaled. Comprueba en las transcripciones que la llamada de teléfono existió.

Localizan fácilmente al tunecino. Incluyen su fotografía en un álbum normal y se la muestran a Elisabetta, mientras está aún en el hospital: también ella lo reconoce. No fue el que blandió la pistola y disparó los dos tiros, pero sí que era uno de los tres, el que le quitó el teléfono móvil y el dinero del bolso y le dio un empujón, aquel del que se desasió para juntarse con Antonio y recibir una bala en la espalda.

En ese momento, Jaled es detenido por la policía en su lugar de trabajo, una obra de Cormano. El juez instructor confirma la detención y dispone la prisión preventiva. El muchacho parece aterrado y no tiene dinero para defenderse.

Se le asigna un abogado de oficio. Durante el juicio, reconoce conocer a Antonio dell'Acqua y haber fumado algunas veces con él, pero solo eso: niega haber estado presente, niega conocer a los presuntos cómplices y niega rotundamente haber agredido a los dos jóvenes. No tiene una coartada precisa para aquella noche: explica que había salido con unos amigos, pero ninguno de estos se muestra dispuesto a confirmarlo. Más que nada, ninguno está localizable.

En el juicio abreviado, Jaled es acusado de robo, intento de homicidio y cómplice de un delito de lesiones muy graves.

El abogado de Jaled —Enrico Caterini, militante de izquierda— da un cariz político al caso. Sostiene que se trata de un ensañamiento con un trabajador honrado tan solo porque es extranjero.

El juez es Michele Franzulla, grueso, lampiño, muy trabajador, uno de los que parecen nacidos para morir entre los documentos. La sentencia no tiene en cuenta las motivaciones de Caterini, es muy técnica, pero, aun así, bastante moderada.

Jaled Ghezal es declarado culpable de robar, portar armas e intento de extorsión. Queda absuelto del delito de intento de homicidio y de tenencia de armas y se excluye el agravante de motivos abyectos. Caterini considera (pero lo motiva mal) que la detonación de los dos disparos es una consecuencia imprevisible del robo.

Por último, el juez añade que como atenuantes generales se pueden apreciar la juventud, la falta de antecedentes penales y la presencia legal en Italia.

Seis años de reclusión, reducidos a cuatro por la elección del procedimiento.

El abogado de los dos jóvenes, apela. Sostiene que la sentencia es ridícula y una confirmación de la regla de «pocas pruebas, poca pena», que todo el mundo debería olvidar al entrar en una sala de audiencias.

Los padres de Elisabetta, constituidos también en parte, solicitan la apelación de la Fiscalía de la República. Además, escriben una carta larga al *Corriere della Sera*, que aprovecha la oportunidad para crear polémica.

El abogado de Jaled solicita la apelación, a su vez, para pedir la absolución o una reducción de la pena.

Milán se subleva. Los diarios de derecha aprovechan el caso como un símbolo de la magistratura de izquierda, permisiva e incapaz. Siguen intentos de autocrítica con buena o mala fe, comentarios de analistas políticos, reseñas de opiniones en algunas redes locales.

La Fiscalía de la República apela y también lo hace el fiscal general, con motivaciones más que nada técnicas, y pide la condena por todos los delitos.

Esta es la historia.

En todo ello, Doni tenía dos únicas certezas: que el fiscal general era él y que tenía excelentes posibilidades de éxito.

No había nada más.

6

Al comienzo, pensó en los claustros de la vieja Fundación Humanitaria, detrás del Palacio de Justicia. Era un sitio fresco, agradable, y hacía meses que no lo visitaba, pero al final eligió un bar estudiantil, más allá de la Biblioteca Sormani: lo bastante distante para evitar encuentros y rumores sobre aquella señorita. No es que le importara gran cosa, pero los rumores requerirían tiempo para ser desmentidos y él ya estaba perdiendo demasiado tiempo.

Se sentaron a una mesa junto a la entrada. Elena pidió una hamburguesa y una coca-cola; Doni, un bocadillo de queso y un agua sin gas.

—Quería preguntarle una cosa —dijo a la muchacha—. ¿Quién le ha facilitado mi dirección de correo electrónico?

—Oh, he llegado a ser una experta en piratear las direcciones. Basta con probar un poco con combinaciones: nombre, apellido, nombre punto apellido, inicial del nombre punto apellido y demás. Si no es correcta, el mensaje vuelve al emisor. De todos modos, se lo he pedido también a un amigo de la sección de Tribunales.

Doni enarcó las cejas.

—Es un clásico —dijo Elena—. Lo hacemos todos. De algún modo hay que conseguir los contactos, ¿no? Cuando debo mandar un artículo a una revista, ¿qué hago? ¿Lo envío a la dirección electrónica «info arroba» y demás? No, pirateo el nombre del subdirector.

—Pensaba que tendrían bases de datos.

—Bases de datos —dijo y sonrió—. Desde luego. Tengo treinta y un años y soy *free lance*, señor magistrado. Para salir adelante, soy librera a media jornada en la Mondadori de Lambrate. Bastante es ya que consiga publicar algún artículo, conque, como comprenderá, bases de datos...

Doni meditó sobre aquella afirmación. A los treinta y un años, él ya era juez de primera instancia.

La camarera trajo los bocadillos. Doni abrió la botellita de agua y vertió un poco en el vaso mellado.

—Volvamos a lo nuestro. Usted quiere que yo escuche a algunas personas que deberían atestiguar la inocencia de Ghezal, ¿verdad?

—Exactamente.

—Explíqueme.

—Pues, nada más ocurrido el suceso, escribí un artículo para un periódico gratuito en el que colaboro: media página, como es habitual, pero, tras hacer algunas preguntas en Via Padova, resultó que nadie creía en la versión oficial. Mire, en el barrio, al cabo de poco tiempo, la gente se conoce y acaba hablando. Pregunté al carnicero donde Jaled compraba la carne. Llamé al bar donde se reunía con sus amigos. He preguntado en el estanco en el que compraba los cigarrillos. Nadie se lo creía. Jaled nunca habría sido capaz de agredir a nadie.

—Se detuvo un instante y mordió el bocadillo—. Y hasta aquí nada extraño, ¿no? Puede ocurrir que un individuo nada sospechoso...

—Sí —dijo Doni—. Puede ocurrir.

—Pero no ocurre con tanta frecuencia como se ve en las películas.

—No, no con tanta frecuencia.

—¿Ha leído usted *El hombre que miraba pasar los trenes*?

—No.

—Es una novela de Simenon. Trata de un oficinista holandés, un padre de familia normal, con un trabajo seguro, que una noche enloquece y se vuelve un asesino. Escapa a París, mata por error a una prostituta, se entrega a la delincuencia, conoce a criminales y demás. Pues yo en esas no creo demasiado, y menos porque Jaled no ha matado a nadie.

Doni no dijo nada. Comía.

—En este punto —prosiguió ella—, lo más sencillo es que lo hayan amenazado y se haya visto obligado a hacer lo que ha hecho. Aunque Jaled parezca a todo el mundo una buena persona, eso no significa nada, ¿verdad?

—No.

Elena sacó de la bolsa una libreta y se puso a hojearla.

—Conque ahondé más. Intenté, en la medida de lo posible, reconstruir su existencia y sus costumbres basándome en referencias cruzadas. —Volvió a morder el bocadillo y, mientras masticaba, dijo—: Jaled vive en Milán desde hace seis años. Tiene permiso de residencia y trabaja en una obra. Su jefe me ha asegurado que nunca ha creado problemas, que era un buen trabajador. Vivía con su hermana, de momento desempleada, con la que hablo desde hace tiempo. —Levantó la vista un instante—. No digo que nos hayamos hecho amigas, pero en cierto modo le estoy echando una mano y de vez en cuando comemos juntas. Somos vecinas. En cualquier caso, por la noche Jaled salía con personas diversas y debió de entrar en contacto con camellos o traficó él mismo con hachís, al comienzo de su estancia en Italia, pero nunca ha formado parte de una banda de delincuentes. Es musulmán practicante, pero sin la menor inclinación extremista. Frecuentaba a menudo una sala de juegos cercana a su casa y tres veces a la semana cenaba con su hermana en un *kebab* regentado por amigos y así sucesivamente.

Cerró la libreta. Doni se dio cuenta de que no había seguido el hilo.

—De acuerdo. ¿Quiénes son las personas a las que, según usted, yo debería escuchar? —preguntó.

—Ante todo su hermana y sus dos compañeros de la obra.

—¿Y qué podrían contarme de extraordinario?

—Le darían a conocer mejor la persona y su mundo, para empezar.

Doni empujó el plato unos centímetros hacia delante y suspiró.

—Eso no tiene demasiada importancia. Se juzgan los hechos: las personas y el ambiente de su vida cuentan solo para la entidad de la pena.

—Ya lo sé, pero no se puede excluir que se revelen elementos importantes para el juicio.

—No me corresponde a mí buscarlos, señorita. Como le he dicho, yo aquí soy el malo.

Ella suspiró.

—Hay otra persona y espero que pueda hablar con usted. Es un amigo de Jaled que aquella noche estaba con él.

Doni estaba a punto de decir algo, pero cerró los labios y se limitó a asentir con la cabeza.

—Me imagino que la confirmación de que Jaled estaba en determinado lugar con determinadas personas y no en Via Esterle tendría algún valor.

—Eso desde luego, pero...

—Sí, claro —se le adelantó ella—, pero no sin una presentación procedimental como prueba, pero esa es la cuestión precisamente. Digamos que lo que yo le pido es que no se atenga al procedimiento en nombre de la verdadera justicia.

Doni puso una mueca.

—No hay justicia verdadera y justicia falsa —dijo.

—La justicia verdadera es aquella para la que un inocente, si lo es, no merece ser castigado solo porque ciertos engranajes no funcionen.

—Me parece que usted está ya convencida de que Jaled es inocente.

—Sí que lo estoy.

—¿Y no le parece que es demasiado?

—No, no lo creo. —Apoyó las manos en la mesa— Y, si usted conociera el panorama completo, tampoco lo creería.

Los dos habían acabado de comer y la camarera había pasado a recoger la mesa. Doni pidió un café; Elena dijo que no con la cabeza y movió una mano, ya lo había tomado y no podía beber más de uno al día.

Después permanecieron en silencio. A su alrededor, el

bar se había animado, como si un segundo local hubiera ocupado el sitio del primero. Tres muchachas estaban haciéndose fotos con sus iPhone. Un grupo de oficinistas discutían sobre el último partido del Milan.

La camarera posó una taza en la mesa.

—Acláreme una cosa —dijo Doni—. ¿Cómo es que le interesa tanto este caso?

Ella se encogió de hombros.

—¿Qué podría decirle? A veces nos encariñamos con las historias.

—¿Eso es todo?

—Eso es todo —replicó al instante— y ahora acláreme usted una cosa. Cuando no se tiene la certeza absoluta de que un hombre sea culpable, ¿cómo se puede condenarlo igual?

En circunstancias normales, ante una pregunta de aquella clase Doni se habría levantado y se habría marchado. En cambio —para sorpresa suya—, intentó formular una respuesta concreta, definitiva.

—La certeza absoluta es asunto de Dios, si se cree en él, pero nosotros somos seres humanos y como tales trabajamos. Creo que usted tiene una idea un poco deformada de cómo funciona la Justicia. —Doni agitó el sobre del azúcar y lo abrió—. Un proceso no sirve para castigar a los culpables, sino ante todo para determinar quiénes son, y hay tres grados de juicio precisamente porque el recorrido es complejo y delicado y todos somos seres falibles. Créame, nadie dentro del Palacio de Justicia quiere que Jaled Ghezal, aun siendo inocente, sea condenado. Eso se lo garantizo. He apelado solo por motivos técnicos y la idea de encontrar un chivo expiatorio para aquella pobrecilla que ha acabado en una silla de ruedas... En fin, eso es algo que agita a la opinión pública, pero no, desde luego, a un magistrado.

Ella pareció reflexionar un instante y después dijo:

—Comprendo, pero ¿cuál es la distinción entre su trabajo y su conciencia?

—¿Mi conciencia? ¿Qué tiene que ver mi conciencia? Ya le he explicado que nosotros nos basamos solo en los hechos.

—Ya lo sé. En una palabra: usted ejerce un oficio, el de fiscal sustituto. Tiene que ver con la ley y la justicia, considerémoslos sinónimos para mayor comodidad. Hasta aquí, todo perfecto: trabaja y, cuando ha acabado de trabajar, vuelve a casa, como todo el mundo y, sin embargo... Su profesión no puede acabar ahí, un poco como la mía, señor magistrado. Yo creo que hay un factor de conciencia, por lo que no podemos limitarnos a decir que las cosas son de cierto modo. No dejamos de ser magistrados o periodistas cuando nos ponemos el pijama... al menos eso es lo que yo creo y es así porque tanto usted como yo buscamos la verdad, ¿no?

Doni se rascó una mejilla y después movió la cabeza dos veces y sonrió.

—Usted es muy inteligente —dijo— y su posición es hermosa y profunda: la honra, en estos tiempos; pero, en resumidas cuentas, es una posición idealista: si debiéramos examinar todas las ramificaciones posibles de cada caso, pondríamos fin a un proceso cada cien años, y la gente se lamenta ya de que los procesos son lentos —se rio, pero Elena, no.

Se levantaron al mismo tiempo, como si siguieran un guion, pocos instantes después, sin añadir nada más. Doni pagó, la periodista intentó convidarlo, pero él se opuso con galantería.

Fuera, el aire había refrescado y la calle estaba llena de oficinistas y estudiantes que disfrutaban de un rayo de sol en la hora de la comida.

Doni se quedó parado, como para esperar a que ella se marchara, y parecía —y era— evidente que debía hacerlo por la parte opuesta. La periodista comprendió, le estrechó la mano y le agradeció la conversación.

—Le dejo mi número de teléfono —dijo al final. Sacó la cartera y extrajo una tarjeta de visita cuadrada y de color rojo. Doni nunca había visto una así—. Tenga. Por si vuelve a pensar en este asunto.

Doni dio vueltas a la tarjeta entre las manos. En ella estaba escrito *Elena Vicenzi — periodista free lance*. Debajo, la dirección de correo electrónico y el número de teléfono.

—De acuerdo —dijo él con un suspiro.

—Bueno —dijo ella—. Ahora lo dejo. Ha sido usted muy amable de verdad.

—Con mucho gusto.

—¿Puedo esperar que me llame?

Doni se encogió de hombros y le sonrió. Ella le devolvió la sonrisa y después empezó a caminar en la dirección de la universidad.

Al cabo de pocos minutos, era solo una figura como las otras en el tránsito de Via Larga.

Doni pasó el resto de la tarde trabajando meticulosamente y procurando olvidar lo que había dicho la muchacha. Hasta las seis no se levantó para ir a buscar un café en el expendedor automático. En el pasillo había un olor desagradable. Un colega desesperado le pidió que le prestara la llave del servicio, pero Doni no la llevaba consigo. En el Palacio había muy pocos servicios (los habían cerrado para convertirlos en despachos) y estaban todos cerrados con llave. Tener un servicio digno —como Doni— estaba considerado una gran suerte y una clara señal de poder.

Cuando salió, estaba ya entrada la noche y el cielo había vuelto a nublarse de repente. Hacia la tercera parte de Via Pace, el viento empezó a azotar con más fuerza las ramas de los árboles. Unos pasos más adelante, cayeron las primeras gotas. Dos transeúntes, en el otro lado de la calle, corrieron en dirección opuesta a la suya.

Doni sintió el ozono del aire en la nariz y los pelos de la nuca se le erizaron, reacción animal a la que no estaba acostumbrado.

Llegó una tormenta que nadie había previsto. El corazón de Milán se abrió como un fruto podrido.

Doni dejó de caminar y esperó a que el agua le cayera en la cabeza.

7

El sábado siguiente, tras otra noche de lluvia, la primavera llegó a su cenit en la ciudad. Doni se había despertado pensando en la periodista, pero bastó el desayuno, mientras sonaba un cuarteto de Schubert, para borrar todos sus pensamientos.

Claudia se había levantado temprano y ya había salido y la asistenta no llegaría hasta el mediodía. Doni disponía de dos horas de soledad en casa y tenía la intención de disfrutarla en todos sus instantes.

Preparó un segundo café y se dio cuenta de que hasta aquel momento no había advertido la llegada de la primavera. El rayo de luz tras el almuerzo con Salvatori, unos días antes, había preparado la epifanía, pero no había llegado a hacerse realidad hasta aquel momento. No era una cuestión de fechas, sino un espectro de sensaciones: él con camisa y zapatillas en el balcón, el viento y el sol en la piel, la música que llegaba por entre los cuartos y el pasillo y el hormiguear de la gente por la calle... abajo hacia el Corso y arriba en dirección a la Catedral.

Después de Schubert, llegó el turno de Mozart, tres

sonatas para piano y violín. Doni saltó hasta la K379. Tomó la taza y se sentó en el sillón.

La música clásica era la única forma de arte en la que era un poco competente y la única que cultivaba con asiduidad, pero, a diferencia de algunos episodios aislados de literatura y pintura, no sentía amor por lo que escuchaba.

La diferencia radicaba en que, mientras releía por decimoquinta vez *Colmillo blanco*, se emocionaba como si fuese la primera. Lo mismo le ocurría con los cuadros de La Tour. No entendía nada y tal vez los adorara por motivos absurdos —las velas—, pero así era.

En cambio, de Schumann o Mahler habría podido tararear muchos temas sin dificultad, indicar las influencias, señalar que aquí, en este compás, sí, se notaba el efecto que tenía la modulación en el curso de la sinfonía, pero, a fin de cuentas, ahí se quedaba.

No es que fuera un placer únicamente intelectual. Doni disfrutaba la música, pero también se daba cuenta de que era algo contra natura e inducido por su biografía: por la necesidad de impresionar a Claudia cuando eran jóvenes.

Al final del decenio de 1970, ella era una violinista mediocre en el Conservatorio —el poco talento quedaba compensado por una enorme fuerza de voluntad— y Doni no podía hacer otra cosa que adecuarse a su pasión.

Mientras la sonata de Mozart estaba acabando, Doni volvió a pensar en aquel yo suyo, tímido y dócil, y sintió cierto desagrado: no tenía sueños ni deseos, se limitaba a codiciar a Claudia, como si en ella radicara toda la felicidad, y, para lograrlo, estudiaba. Se había comprado el *Manual de armonía* de Schönberg y por la noche, mientras su hermano discutía con sus padres o preparaba su mochila para uno de sus viajes, lo leía sin entender nada.

¿Qué otra cosa tenía, al fin y al cabo? Una familia normal, estudios normales, buena intuición y mucho método. Era un hijo de su tiempo, como Elisa lo era del suyo: tan inteligente como para huir a fin de conquistarlos.

Durante años, Doni había sido moderado y sencillo. El hombre sin excesos, lo llamaba Claudia riendo. Todo se debía sacrificar con un único fin, la idea que había recibido como un don: disminuir los sufrimientos, aprovechar al máximo las posibilidades. Esa era su misión en el mundo, la de todos los varones nacidos nada más acabar la guerra: formar una familia, amar con modestia, reconocer los esfuerzos de los padres.

Ahora, en cambio, era distinto. Era como si, con el paso de los años, sus deseos se hubiesen avivado cada vez más. ¿Cuándo había comenzado? No lograba situarlo en el tiempo, pero una cosa era cierta: sentía un placer intenso al verse obedecido, al ejercer su poder con los *carabinieri* y los colegas menos expertos.

Con el cuerpo, aún esbelto y flaco como el de un muchacho, llevaba años sin hacer nada. La cabeza era la que debía regir aún un poco y por la razón contraria de su idea juvenil de felicidad: colmar todo apetito para llegar saciado al final.

Desenvolvió una chocolatina y se la colocó en la lengua para dejar que se deshiciera despacio.

En el extraño vacío que sigue a toda ejecución —la música nace en el silencio y al silencio retorna: es un misterio, decía un profesor de Claudia—, el joven y el viejo Doni intercambiaron una mirada y huyeron corriendo en sus respectivas direcciones: pasado y futuro.

Poco después, salió a dar un paseo. El cielo estaba aún fresco y azul, lavado por el agua, pero en las calles ya se había reanudado el típico movimiento entrecortado: gente que esperaba en los semáforos y miraba de modo imperceptible al vecino que tenía delante, gente que hacía sonar el motor del coche y sonreía tras unas gafas de sol, gente que compraba helados, dirigía cochecitos de niños y se lamentaba por el teléfono móvil, gente.

Doni comió tarde en el bar Crocetta el enésimo bocadillo de su vida, pero más grasiento y caro de lo habitual. El sábado todo estaba permitido, por lo que pidió también una Guinness. Hacía algún tiempo que no la bebía.

Desde el viaje a Irlanda con Claudia, dos años antes, había pasado un tiempo sin poder beber la aguachirle que los pubs italianos despachaban como si fuera Guinness. La estancia en Irlanda le había gustado tanto (la lentitud que infundía aquel clima, la armonía de aquellos paisajes), que durante el vuelo de regreso había propuesto a Claudia trasladarse a un pueblecito de la costa después de jubilarse. Ella se había reído en sus narices.

Después de almorzar, se dirigió con decisión hacia el centro y se desvió hacia el oeste por las callejuelas del Carroccio. Al cabo de unos centenares de metros, se cansó y tomó un tranvía que, con una desviación circular, lo llevó a donde deseaba: Corso Magenta.

Allí había una antiquísima sastrería milanesa, a la que

iba también su padre y tal vez también incluso su abuelo. Desde entonces abrían dos sábados al mes y Doni aprovechó para probarse un traje gris de paño. Pese a su situación, la tienda nada tenía de elegante: había conservado incluso el tono severo de sus orígenes: muy pocos modelos, dirección familiar y dos dependientas cincuentonas y con faldas... nada de jovencitas con vaqueros desteñidos, nada de acentos absurdos.

Mientras esperaba la apertura vespertina, Doni tomó el tercer café en un bar de una calle lateral. A aquella hora estaba casi vacío. Se sentó fuera, a un velador de mármol y hierro forjado, y se preguntó cómo sería su vida de jubilado, la vida así: orgulloso de haber cumplido su misión en el mundo; el medio equiparado con el fin.

—¿Es suyo el periódico? —le preguntó un muchacho.

Doni advirtió que en la otra silla del velador había un ejemplar del *Corriere della Sera*.

—No —dijo Doni.

—¿Puedo cogerlo?

—Claro que sí.

Doni lo miró un instante y después, sin pensar, cerró los ojos y escuchó los ruidos del día: el crujir del periódico en las manos del muchacho, el tintinear de vasos y cubiertos, un viejo que tosía con el puño cerrado. La ciudad entera era un simple episodio sonoro, la batalla siempre nueva e impecable que Milán le regalaba.

Más tarde, la tienda de trajes estaba abierta. En cuanto entró, el propietario le ofreció una sonrisa que debía de ser poco frecuente:

—Buenas tardes, señor magistrado. Cuánto me alegro de volver a verlo. ¿En qué podemos servirlo?

También Doni sonrió. Era lo que se merecía: un comerciante obsequioso y todo el tiempo para decidir si comprar o no un traje de mil trescientos euros.

Eso merecía: el privilegio de disipar así, en pocos minutos, lo que su hija ganaría en un mes. Era perverso, pero no importaba. La jornada quedó comprometida diez minutos después, mientras se miraba en el espejo: oyó el móvil en el bolsillo del pantalón, dejado en el probador. Lo buscó y lo encontró poco antes de que dejara de sonar. Era Claudia.

—Esta noche vamos a cenar a casa de mi padre —dijo—. Estate en casa para las seis.

Doni se metió el teléfono en el bolsillo y se pasó una mano por la cara.

8

Unos años antes, la madre de Claudia había muerto en un accidente y su padre había vendido su piso en Porta Genova para instalarse en un absurdo chalet a poca distancia de Milán, cerca de Chiaravalle. En tiempos debía de haber sido una zona hermosa, pero ahora estaba crucificada entre la circunvalación del este y la vía de acceso a la autopista del Sol: una geografía de campos sin poesía, alquerías abandonadas y llenas de inmigrantes clandestinos, prostitutas africanas, vertederos ilegales y cementerios.

Y, sin embargo, el padre de Claudia estaba entusiasmado con él. Decía que había recuperado el contacto con la naturaleza. Además, recientemente se había vuelto un maníaco de los nombres. Se había comprado una decena de diccionarios y pasaba horas reconstruyendo la etimología de las palabras más triviales, como si con ello pudiera acercarse al sentido último de lo que había vivido: la clave para abrir el arca del pasado tal vez o para encontrar por fin el término capaz de salvarlo, un abracadabra oculto entre los pliegues de lo pretérito.

Durante toda la vida había sido el propietario de una

gran fábrica de zapatos cerca de la ciudad, en Cesano Boscone, pero ahora aprendía todos los términos del diccionario y estudiaba los detalles con devota atención. Aprendía de memoria frases enteras, definiciones enteras, el lenguaje muerto y deformado en labios de un muerto que no quería ceder: otra palabra y otra más y, siempre que Doni lo veía, seguía allí, con su cajetilla de cigarrillos —hacía setenta años que fumaba, primero Muratti y después Marlboro Lights, para no exagerar— y alguna nueva etimología. Por alguna razón, contraria a todo sentido biológico correcto, su cerebro resistía: se aferraba a los nombres con la esperanza de que con ellos hubieran permanecido íntegras también las cosas, también su cuerpo.

Para Claudia era una forma simpática de envejecer, casi mística. Así veía en su padre una faceta afable que nunca había conocido: aquel señor anciano y ávido de letras era la misma persona que quería prohibirle tocar un instrumento, que la había enviado a un colegio femenino y que consideraba el dinero como único criterio de juicio válido en una controversia: «Porque se toca», decía, restregándose la punta de los dedos.

Según Claudia, estaba recuperando una inocencia que nunca había tenido.

En cambio, según Doni, estaba chocheando totalmente.

La cena fue bastante triste. El viejo había comprado una cantidad enorme de *vitello tonnato* en el único restaurante cercano y se lo habían entregado unas horas antes: los recipientes de plástico cubiertos con papel de aluminio estaban ya en la mesa. Lo sirvió con dos botellas de tinto espumoso.

Doni estaba asqueado y no hacía nada para ocultarlo. Claudia intentó hacer de baricentro entre los dos hombres, que, por lo demás, parecían solo desconocerse: los dos le hablaban de cosas diferentes y ella les respondía por turno.

Cuando hubo bebido tres vasos de vino, el viejo empezó a chacharear.

—Recientemente he hecho investigaciones sobre palabras muy sencillas. En la simplicidad está el secreto, se lo decía yo siempre a quien trabajaba conmigo en la empresa. Si puedes, haz cosas fáciles y no las compliques. Se parte de lo simple y se acaba en lo simple. A ver, por poner un ejemplo: *hierba*. ¿Sabéis de dónde se deriva esa palabra? En latín es *ferba* y en griego *forbé*, «pastizal», «forraje para animales», pero sus orígenes son aún más lejanos: *farb*, del sánscrito *bharv*, que se refiere al masticar. Hay también una expresión que no recuerdo y que contiene esa raíz y significa «bueyes bien apacentados» o algo por el estilo. —Se rascó la punta de la nariz, con la mirada perdida—. Y aún antes *bhar*, «portar», pero hay también teorías distintas, naturalmente: para cada palabra, una teoría. Ah, es muy interesante, muy interesante. —Bajó la vista y tocó la mesa con actitud sacramental y la expresión de un hombre vuelto a la vida después de una amnesia o la de un salvaje que descubre un objeto nunca visto, un fragmento de tecnología llovido en la selva—: *Toalla* —dijo—. Ahí tenemos otra palabra simple. Hay que partir de esas cosas, verdad. Ese término procede del alemán medieval *dwahilla* o *twahilla*, «paño para secarse», y de ahí al verbo originario, *dwahan*, «lavar». ¿Comprendéis?

—No veo qué sentido tiene —dijo Doni.

El viejo preguntó:

—¡Cómo! ¿Que no ves el sentido?

—Sí, quiero decir que ahora sé que la palabra *hierba* procede de otra palabra sánscrita. ¿Y qué? ¿Qué he aprendido?

—¡Pero bueno! ¡Has aprendido su origen!

—Es cierto, pero, ¿qué gano respecto de lo que ya sabía? ¿Qué secretos revela? Simplemente desplaza el problema un paso atrás.

—Ten en cuenta que del origen procede todo.

—Sí, pero, ¿para qué me sirve en la vida real?

El viejo movió la cabeza y sonrió, como si Doni fuera la persona más estúpida en la faz de la Tierra. Este último renunció a la discusión, como había hecho siempre: dos intervenciones para mostrar interés y después que se fuera a hacer puñetas el otro con sus etimologías.

Claudia tomó del recipiente otro trozo de *vitello tonnato* y el viejo empezó a hablar otra vez con tono monocorde. Doni dejó de seguirlo: solo captaba, en la superficie siempre idéntica de su habla, algún término de acento más extraño que los otros, algún fragmento de lengua que el viejo se empeñaba en recuperar, en alterar con el acento milanés.

Doni contemplaba su garganta, deformada por el tiempo y las enfermedades. Tenía noventa y dos años. Aquel cuerpo era algo indigno, algo que Dios no debería permitir: era bajo y con una barriga y un rostro enormes y brazos delgados; espurreaba saliva con cada sílaba y las manos le temblaban sin cesar; vestía como un leñador borracho y era tan reacio a la higiene, que incluso su cuidadora lo lamentaba constantemente ante Claudia.

Doni agradeció a la suerte que sus padres hubieran dejado de molestar, uno tras otro, con pulcritud: de un infarto el padre y de vejez precoz la madre.

Con el café, el viejo abandonó las etimologías y se dirigió de nuevo a Doni.

—Claudia me ha dicho que te ha tocado el proceso de aquel tipo —dijo.

—¿Cuál?

—Aquel negro, el que dejó a una chica confinada en una silla de ruedas.

Doni lanzó un largo suspiro.

—Papá, no digas *negro* —dijo Claudia sonriendo.

—Es que lo es, ¿no? *Mi a disi nènt*,[*] si me dicen que soy blanco. ¡Venga, hombre!

Claudia levantó la vista hacia el cielo.

—De todos modos, tenlo en cuenta —dijo el viejo mirando a Doni.

—Tener en cuenta, ¿el qué?

—Roberto, por favor —intervino Claudia.

—¿Qué he dicho?

—Has levantado la voz.

—Bueno, pues disculpa, pero no comprendo a qué se refiere tu padre.

—Quiero decir —prosiguió el viejo— que a los asquerosos hay que darles su merecido.

—Después de un atento análisis de los hechos, señor Barbieri.

---

[*] «Yo no digo nada», en dialecto lombardo.

—Eso espero. A fuerza de oír lo que se dice por la televisión, ya sabes, te pones a pensar.

—¿Por qué? ¿Qué se dice por la televisión?

El viejo pareció turbado y miró en derredor con la boca abierta. Sus ojos vagaron por el cuarto sucio y desolado, el equivalente exterior de su naufragio. No encontró nada que pudiera ayudarlo.

—Lo de siempre —dijo amablemente.

—Bueno, si es lo de siempre —replicó Doni con una sonrisa.

—¿Queréis más café? —preguntó Claudia.

Salieron hacia las nueve. El aire olía a hierba recién cortada: Doni respiró a fondo antes de ponerse al volante. Claudia callaba.

Por el camino de regreso, empezó a toser intermitentemente.

—¿No te encuentras bien? —preguntó Doni.

—Sí, sí, estoy bien.

—Tienes tos.

—No es nada. —Tragó—. Por cierto, casi se me olvidaba. Ha vuelto a llamar Elisa.

—¿Ah, sí?

—Esta tarde.

—¿Y qué ha dicho?

—Buenas noticias. Ha conseguido otra beca. Se queda en Bloomington, al parecer.

Doni guardó silencio unos instantes.

—¿Por qué no me he enterado antes? —preguntó después.

—¿En qué sentido?

—Aún no me ha respondido a mi último correo electrónico.

—Bueno, ya verás como tarde o temprano lo hará. Ha estado muy preocupada, la pobre.

—Pues por eso debería saberlo.

—¿Que el dinero no es un problema? Desde luego, yo siempre se lo digo, pero ya sabes cómo es, no quiere ayudas, prefiere hacerlo todo por sí sola.

—No —dijo Doni—. Que quiero que me responda.

Claudia abrió los labios, pero solo salió un acceso de tos y después guardó silencio. A su alrededor, la periferia comenzaba a cobrar el rostro conocido de la ciudad. Era un proceso lento y discontinuo: de vez en cuando, surgían fábricas de repente en medio de conglomerados de casas; a veces, eran los campos los que formaban manchas aquí y allá en la extensión de la metrópolis.

—Tu padre está envejeciendo que da miedo —dijo Doni, mientras esperaba que un semáforo se pusiera en verde.

Ella se apretó el cinturón de seguridad.

—Nosotros también —respondió.

Doni asintió con una mueca y arrancó. Sesenta y cinco y sesenta y un años. También ellos eran viejos, desde luego, e iban a cenar a casa de un nonagenario racista y charlatán, mientras su hija procuraba salir adelante al otro lado del océano, pendiente de un futuro construido día tras día y siempre expuesto al desplome. Había algo profundamente erróneo en todo aquello, pero tal vez fuera solo otra confirmación de sus hipótesis: el desencanto es la única teoría capaz de explicar a los seres humanos, precisamente porque no ofrece consuelos.

Doni conducía en silencio. Un auto delante del suyo

impedía el paso, lento y con demasiados frenazos, mientras que en el otro sentido las luces de los faros centelleaban con pequeños rombos.

—En la próxima, tuerce a la izquierda, adelantaremos más —dijo Claudia y tosió.

—No, después es un lío y nos perdemos.

—Tuerce, te digo.

—Pero, ¡si adelantaremos más siguiendo recto!

—¡Joder! —estalló ella—. ¿Es posible que nunca, pero es que nunca, quieras hacerme caso? ¡Y venga a hablar de mi padre, Dios santo! Intento explicarte una cosa —tosió—, intento dar mi opinión sobre algo que conozco perfectamente, sobre un trayecto que he hecho mil veces más que tú —tosió y tosió— y tú —tosió—, ¡nada! ¡Siempre tienes que tener razón!

Doni se quedó con la boca abierta.

—Claudia —dijo.

—Déjame en paz.

—Claudia, pero, ¿qué he dicho?

Ella tosió treinta segundos seguidos, tanto, que Doni, de miedo, detuvo el coche al borde de la carretera. La miró retorcerse, aún agarrada al cinturón de seguridad, como si fuese la única cuerda que la mantenía atada al mundo. Al final, el ataque remitió y empezó a lanzar suspiros profundos.

—Disculpa —dijo—. Perdóname, de verdad.

Doni no sabía qué decir. No dijo nada. Ella encendió la luz por encima del espejo retrovisor, se miró las manos, como si tuvieran manchas de sangre, no encontró nada y apagó la luz; después miró adelante con cara inexpresiva.

—Vamos a casa, por favor.

Doni torció a la izquierda donde había dicho Claudia y apretó el acelerador al máximo, mientras la noche acababa de invadir la ciudad.

9

El documento que tenía abierto en la pantalla, en el trabajo, era uno de Word llamado *Testamento*. Lo había creado un par de años antes y, cuando se sentía triste, lo actualizaba con pequeños retoques.

Con el tiempo, el documento había crecido, se había alargado excavando en el pasado como una raíz y ya parecía una pequeña autobiografía moral, con epígrafes numerados de uno a quince. Cuanto más se apegaba Doni a aquellas palabras, más desaparecían las disposiciones para ceder el sitio a recuerdos y pensamientos generales sobre la vida: el temor de no ser comprendido había ocupado el puesto de la práctica.

En su opinión, había solo dos razones para que una persona como él se hubiese puesto a escribir aquel texto. Una era muy remota; la otra, más reciente.

La primera databa de 1981. Eran los últimos meses en Ancona y estaba preparándose para el traslado a Gallarate. Elisa tenía dos años y Doni era tan feliz, que no conseguía encontrar un nombre exacto para aquel estado: no estaba acostumbrado a la alegría. Había vuelto a Milán para ver a los suyos y alguna casa en la ciudad y había aprovechado para cenar con Giacomo Colnaghi, antiguo compañero de la universidad, entonces fiscal sustituto.

Habían tenido siempre una relación afectuosa, sin ser grandes amigos, pues tenían vidas diferentes e ideas distintas sobre casi todo: ateo Doni y creyente Colnaghi, antideportivo Doni y ciclista apasionado Colnaghi, pero allí estaban, qué caramba: dos magistrados de unos treinta y cinco años que salían del brazo, hinchados de *risotto* y un poco bebidos, de una *trattoria* del canal de Pavía. El nombre para la felicidad que Doni no encontraba podía resumirse en aquel conjunto de detalles: los colores de témpera del atardecer, la mala fama y el romanticismo del barrio, dos gatos que dormían en la entrada de un patio, el electrizante aroma del verano. Eso era la vida. Eso y nada más: un amigo, una familia, un proyecto.

Seis días después, Giacomo Colnaghi fue asesinado con tres tiros de pistola disparados por un grupo próximo a las Brigadas Rojas.

Doni se enteró en el bar, mientras tomaba un zumo de naranja antes de volver a casa: levantó la vista y en el telediario vespertino vio la imagen de Giacomo; debajo alguien leía la reivindicación, y Doni captó las frases «magistratura católica democristiana» y «jueces jóvenes pero ya esclavos del poder», y después colocó las manos sobre la barra de aluminio y, aun antes de comprender, antes de caer en la cuenta, sintió que las lágrimas corrían hasta su boca.

La segunda causa se remontaba a dos años y medio atrás. Doni y Claudia habían recibido una llamada de teléfono nocturna. Era la compañera de piso de Elisa que los avisaba, en un inglés cerrado que a Doni le costó mucho descifrar, de un accidente que había tenido su hija. La había atropellado un coche, le había explicado, y en aquel momento Elisa estaba en el hospital y, en fin, eso era, no sabía qué más añadir, pero volvería a llamarlo lo antes posible.

Doni y Claudia pasaron la noche en vela, sin fuerzas siquiera para abrazarse. Cuatro horas después, el teléfono había sonado de nuevo: era otra vez la compañera de piso, que, con voz tres tonos más alta, los tranquilizaba: no había problema, Elisa solo se había roto una pierna.

Aquella noche, Doni comprendió que la muerte no era ni el adormecerse sereno que se había llevado a sus padres ni las numerosas formas de brutalidad y ferocidad que había presenciado con los años y que, en su pequeño ámbito, había intentado condenar y contener. Nunca había sufrido por ellos como había sufrido por Elisa, cuando ya se imaginaba lo peor: la muerte bajo los hierros, cuidar a Claudia, trasladar el cadáver a Italia, toda la burocracia que conocía a la perfección.

En aquellas cuatro horas, Doni comprendió que la muerte es una llamada de teléfono, así como años antes había comprendido que la muerte es una imagen en la televisión. Se abrió paso por su cabeza la necesidad de algo que pudiera contrarrestar aquella llamada y aquella imagen: algo, una parte de sí capaz de sobrevivir al azar y transmitir una buena palabra.

Subió al comienzo del documento y releyó por enésima vez:

1. El que escribe soy yo, Roberto Doni, de sesenta y cinco años de edad. Soy un magistrado milanés, en este momento fiscal general sustituto, y vivo con mi mujer, Claudia, en un piso de Via Orti en Milán.

2. Si escribo estas líneas, no es solo porque quiera exponer mis disposiciones sobre mis bienes después de mi muerte (en realidad, no tengo gran cosa que añadir a lo dispuesto por la ley, aparte de algunas precisiones), sino también porque me gustaría dejar un rastro de lo que he pensado.

3. En primer lugar, afirmo haber sido un hombre recto y haber trabajado siempre con probidad, pero reconozco aquí mis límites: la poca paciencia para con quienes no comprenden; cierto deseo, con los años, de hacer carrera; la avidez y el gusto por gastar dinero, que antes no tenía; y otras cosas que debería enumerar con mayor precisión.

Pero soy un hombre recto, en general: intento siempre actuar como Dios manda, si bien esto depende de un credo.

En este punto llegaba la parte que prefería él:

4. Mi credo es muy simple. Creo que hay una luz, una llama que es la Justicia y que debemos proteger con las manos contra el viento. Es una imagen trivial, pero no soy un literato y, al fin y al cabo, considero que para estas cosas la trivialidad es una virtud, un medio para llegar más lejos. Hay una luz fuera de no-

sotros, en un punto con frecuencia remoto, pero siempre accesible, que se llama Justicia.

En abstracto no se puede definirla: debemos limitarnos a su definición local, es decir, la obediencia a las leyes que se nos han consignado.

Cierto es que la Justicia y la ley pueden diferir de forma significativa, pero en estos tiempos vacíos la interrogación sobre la primera ha de reducirse por fuerza al respeto de la segunda: me lo ha enseñado el terrorismo, al quitarme, entre otros, a un amigo incluso.

5. No tengo otras fes al respecto, exceptuada la relativa a los héroes. Hace años escribí un artículo sobre Paolo Borsellino. Entonces era magistrado en Gallarate y las muertes causadas por la mafia me afectaron mucho. Se publicó en un diario. No decía nada esclarecedor, sino que intentaba simplemente reafirmar que en el mundo deben existir héroes. Es una necesidad. Eso es todo: hay que salvar el mundo, y hasta cierto punto

Doni oyó que sonaba el teléfono y cerró el documento instintivamente.

—Dígame.

—Hola, Roberto. Soy Salvatori.

—Miquele, ¿cómo estás?

—¿Yo? Yo, bien —dijo Salvatori—. ¿Y tú?

—No me va mal. ¿Qué estás haciendo?

Salvatori dejó pasar unos instantes, como si no supiera qué responder.

—Lo de siempre, Robbe', ¿qué le voy a hacer? Trabajo. Como todo el mundo, el que más y el que menos. Desde luego, no estoy pescando doradas con mi hijo, cosa que me gustaría mucho. También me gustaría mucho tener un hijo, además.

Doni soltó una carcajada e intentó echar un poco de leña al fuego de la conversación. Lo necesitaba: el habitual Salvatori, irónico, cínico, quejumbroso. Dadme más Salvatoris.

—Mira que los hijos hacen sufrir, Michele.

—Sí, sí, de acuerdo, hijos y dolor; yo me libro por ser soltero y disfruto de la vida. Oye —prosiguió—, te llamo para preguntarte tu opinión sobre una cosa.

—¿Qué ha sucedido?

—Si vienes un momento cuando puedas, te lo explico.

—Pero, ¿es grave?

—Robbe', si fuera grave, te lo diría. Es solo un consejo.

Doni procuró disimular la desilusión en la voz.

—De acuerdo. Dentro de media hora voy para allá.

10

El despacho de Salvatori era lo opuesto exactamente de su persona: minúsculo, límpido, ordenado. Ofreció un caramelo a Doni, quien lo rechazó y permaneció de pie.

—Entonces, ¿qué?

—Pues es que esta mañana —dijo Salvatori, repantigado en su sillón— ha venido a verme un muchacho de la Guardia di Finanza. Los hechos son los siguientes: hace una semana, ese tipo (de veintiún años o veintidós como máximo) participó en una comprobación fiscal de un comerciante de Bollate. Eran él, otros dos y un sargento. Resultó que el comerciante tenía un agujero en la facturación: casi la mitad de las ganancias.

—Pero, ¡qué extraño!

—¿Verdad? Y, evidentemente, ¿qué hizo el sargento? Primero metió un poco de miedo al tipo y después le dijo que, en el fondo, podían ponerse de acuerdo.

Doni asintió con la cabeza.

—Conque se pusieron a regatear y, al final, el sargento se salió con la suya: diez mil euros. Llevó aparte a los muchachos y dijo: «Mil por cabeza para cada uno de vosotros, el resto para mí». Los otros dos se frotaron las manos y mi muchacho empezó a sentir pánico, pero se mordió la lengua, por miedo a quedar como un bobo, conque cogió el dinero, se lo llevó a casa y lo escondió en un armario. —Salvatori desenvolvió un caramelo y se lo metió en la boca—. Una semana después, no pudo más y confesó todo a su padre, quien me conoce y le dijo que viniera a verme. Yo lo escuché, moví la cabeza y después le dije que volviera hoy por la tarde, porque debía pensar en una solución. —Chupó el caramelo y alzó la vista hacia Doni—. Tú, ¿qué le dirías?

—Pues, ¿qué se puede decir? Ahora ya se ha metido en la boca del lobo él solo. Lo único que podía hacer era rechazar aquel dinero y guardar silencio. Ya sabes cómo funcionan esos asuntos entre ellos, ¿no?

—Lo sé, claro que lo sé. Ese es el problema precisamente.

—Entonces poco se puede hacer. Debes imputar al sargento.

—Pero el muchacho acabará mal.

Doni suspiró.

—Ah, eso es seguro.

—Le harán la vida imposible.

—Más aún. Ya puede despedirse de sus compañeros, pues esa clase de rumor se extiende como la pólvora. Si podía hacer carrera, no la hará, y es probable que lo obliguen a dimitir.

Salvatori se rascó la mejilla.

—Me disgusta bastante, es un pobre diablo: ingenuo, bueno. No ha dormido en una semana y su novia ha tenido un ataque de nervios.

—Por desgracia, no hay otra solución.

—Bueno, en teoría habría una.

Doni abrió los labios apenas.

—En teoría —prosiguió Salvatori—, yo podría no levantar la liebre, decir al muchacho que guardara silencio y entregase el dinero a la beneficencia o lo que fuera.

—¿Estás loco?

—Venga, no merece acabar mal: un error puede cometerlo cualquiera.

—Espero que estés bromeando.

—Mira, Roberto, ya sé cómo piensas tú. Lo sé y tienes razón, pero de vez en cuando se puede también hacer la vista gorda, ¿no?

—No, ¡no se puede! Una vez denunciado el hecho, no hay nada, ni en el Cielo ni en la Tierra, que pueda borrarlo. Debes llamar en seguida a ese sargento. Llámalo.

Salvatori suspiró.

—Entonces, ¿tú no buscarías una vía intermedia?

—¿Qué vía intermedia? —Doni había levantado la voz—. ¿Cuándo vamos a acabar con esos chanchullos de italianos? ¿Cuándo vamos a acabar con las vías intermedias en todo, con una mano que lava la otra? ¿Cuándo nos volvimos así, Michele? ¿Para dejarnos dar por culo por los sargentos corruptos?

—No estoy diciendo eso. Solo estoy intentando salvar a ese muchacho, encontrar el mal menor.

—No hay mal menor, Michele. El mal menor es una excusa, una ilusión falsa. No se pueden hacer cálculos privados sobre lo que está mal, maldita sea. —Se dio cuenta de haber usado una frase de su testamento—. Mira, lo siento por tu muchacho, pero ha participado en un delito muy grave. ¿Qué quieres que hagamos? ¿Que dejemos que ese tío siga actuando así? ¿Que se quede con más dinero? Me parece que ya tenemos bastantes inspectores corruptos.

—Vale —dijo Salvatori—. Solo quería saber tu opinión. No lo conviertas en una tragedia.

En aquel momento, Doni sintió el deseo de coger a Salvatori por el cuello, largo y grueso como estaba en aquel sillón. «Pero, cacho gilipollas, ¿te das cuenta de lo que estás diciendo? ¿Te das cuenta de que con pensamientos así se está destrozando el país? No son los gestos. Son los pensamientos, los pensamientos, porque después arrastran todo lo demás: si razonamos y después andamos con chanchullos, es cien veces peor, es un crimen que incluso resulta imposible castigar, es una abominación que transciende cualquier medio de justicia, algo que clama venganza.»

Respiró profundamente e intentó dominarse.

—Hay más de una razón para convertirlo en una tragedia —dijo.

Salvatori abrió los brazos.

—Es que es una pena, cosas así están a la orden del día y un pobre muchacho va a pagar el pato.

—Por eso es por lo que un fiscal no puede permitirse encubrir un delito con otro delito. ¿Comprendes? Excepciones siempre, errores nunca. Hay que hacer las cosas como Dios manda, joder: como Dios manda.

—Sí, entendido. Tienes razón tú, en el fondo.

—¿Lo has entendido? —repitió.

—¡Te digo que sí!

—Michele —dijo Doni mirándolo fijamente—. Te lo digo una sola vez. Si no lo llamas, te meto un paquete. ¿Está claro?

Salvatori le sostuvo la mirada solo un instante.

—De acuerdo —dijo—. Lo llamo en seguida.

Doni se detuvo en el servicio de su planta y bebió un sorbo de agua del grifo. Estaba sudoroso y cansado. La loza rota del lavabo diseñaba un extraño mapa de grietas: Doni reconoció el perfil de un hombre.

En el despacho, cerró la puerta tras sí y se quedó apoyado en ella unos instantes, mientras miraba en derredor como para recobrar la confianza en el espacio. Por encima del escritorio había dos cuadros. Uno era otra reproducción de La Tour: *El sueño de San José*.

El santo era un viejo calvo, con barba blanca, dormido en el lado derecho de la tela. Al lado, vuelto de espaldas, un angelito abría los brazos hacia él: la mano derecha le rozaba la barba, la izquierda estaba levantada con la palma dirigida hacia arriba, con un gesto elegante. Entre los dos, la vela habitual cambiaba del todo la perspectiva de la luz: el cuerpo del ángel se esfumaba en el fondo y solo estaba visible el rostro. Toda la perspectiva estaba como bronceada.

El otro cuadro era una fotografía en blanco y negro de Colnaghi: con chaqueta y corbata, una sonrisa un poco torcida y gafas de montura negra, más joven de lo que parecía y con la cara típica de democristiano. Debajo estaba escrito solo GIACOMO COLNAGHI 1943-1981.

Doni se sentó al escritorio y buscó de nuevo «Elena Vicenzi» en Google. Volvió a encontrar el reportaje publicado en la edición digital del *Espresso* y se puso a leerlo. Elena escribía con sencillez y casi sin expresividad, pero las frases revelaban la necesidad de relatar con urgencia.

Doni leyó el artículo hasta el final, lo seleccionó entero y lo grabó en un documento de Word. Al final, volvió a abrir el documento titulado *Testamento*.

«Ya estoy aquí otra vez», pensó al leer la primera oración en la pantalla: *El que escribe soy yo, Roberto Doni.*

Dejó pasar un minuto y después abrió la cartera, cogió la tarjeta roja con el número de la periodista, levantó el auricular y marcó.

11

«¿Qué hago aquí?»

Doni se lo repitió al menos una docena de veces y, aunque la pregunta perdería consistencia y urgencia con el paso de los días y se debilitaría hasta volverse una vaga admonición, no iba a desaparecer nunca del horizonte de sus pensamientos. De momento, ¿qué hacía allí, en la Piazza Loreto, él, fiscal general sustituto, un servidor público, a las ocho de la noche, en la entrada de Via Padova, esperando a una periodista de la edad de su hija? No hubo respuesta, como tampoco la habría más adelante, y Doni se resignó a aceptar su presencia como parte del paisaje.

Mientras la esperaba, se dio cuenta de otro detalle. Nunca había estado en Via Padova.

Le asombró hasta cierto punto; como milanés típico del centro y los alrededores, consideraba aquella zona carente de interés: más allá de la circunvalación exterior, para Doni todo perdía sentido, todo tenía un aspecto uniforme, gradaciones casi idénticas de una periferia gris y hostil. Intentó recordar si había estado allí por razones del trabajo en la época en que no era aún fiscal general sustituto, pero no consiguió distinguir episodio alguno.

Por lo demás, en aquella época el barrio era bastante tranquilo: solo en los últimos años ocupaba con frecuencia las páginas de sucesos, pero en el mismo período Doni había dejado de bajar a las calles.

«¿Qué hago aquí?» Cambió de mano la bolsa y después miró con atención la calle. Seguía derecha como una aguja, sin interrupciones, apenas difuminada en el horizonte. La luz era aún suficiente para distinguir las caras y los detalles. En la parada del autobús había unas cuarenta personas y ni una sola era italiana.

Cruzó la calle y pasó a Viale Monza: el mismo paisaje, más o menos; solo que más caótico por el doble carril y un tráfico intenso. Las dos calles dibujaban un gran triángulo que se abría hasta los municipios del *hinterland*. Era en alguna parte por allí donde alguien había disparado un tiro junto a Jaled Ghezal. Doni imaginó la sustitución de los cuerpos: el del presunto culpable, entonces recluido, y el del verdadero culpable —siempre que existiera— en libertad, riendo, comiendo o haciendo el amor, o tal vez pasara a su lado o tal vez caminase inquieto como él, sin certeza: el buscado y el buscador.

Estaba allí, en alguna parte, en algún lugar radicaba la verdad.

Tuvo un sobresalto cuando oyó un claxon a su lado. Se volvió y vio un viejo Fiat Uno rojo pararse con los cuatro intermitentes encendidos. Lo conducía Elena, la periodista, quien le sonrió y le hizo una seña para que montara.

Doni se acercó a la ventanilla, con el cristal bajado hasta la mitad.

—Pensaba que vendría a pie —dijo.
—He tenido que hacer una entrevista fuera de la ciudad y he acabado hace poco. He pensado que llegaría antes en el coche y, además, es que así tendrá usted un panorama rápido de la calle. Vamos, monte.

Doni montó y Elena metió la primera.

—¿Es suyo el coche? —preguntó Doni.
—Es de mi madre.
—¿Es también periodista su madre?

Ella lo miró y se echó a reír.

—No, trabaja en Correos. ¿Por qué lo pregunta?

Doni movió la cabeza.

—En realidad, no lo sé.
—Trabaja en la estafeta de Cinisello Balsamo —prosiguió ella—. Mi padre murió cuando yo tenía cinco años y mi hermano es mecánico. La rara de la familia soy yo.
—Siento lo de su padre —dijo Doni.

Ella se encogió de hombros. Permanecieron unos instantes en silencio.

—Le agradezco de nuevo que haya venido —dijo Elena—, de verdad. Sé que le ha costado mucho, pero le aseguro que ha acertado con su decisión.
—Bueno, gracias a usted por confirmármelo —dijo Doni y sonrió—. La verdad es que me siento un poco desplazado.

Ella se rio.

—Al principio, todos se sienten desplazados aquí. Ya se acostumbrará.

—No, me refería a esta situación.

—Es lo mismo —dijo Elena.

Un coche los adelantó por la izquierda, por el carril reservado al autobús. Ella levantó un brazo como un resorte y después movió la cabeza.

—Pero será gilipollas. —Se volvió hacia Doni—. Perdone.

—No se preocupe. Dígame: ¿adónde nos dirigimos exactamente?

—Al final de la calle, por la parte del canal de la Martesana. Tenemos cita con dos compañeros de Jaled, que pronto volverán de la obra.

—¿Son también albañiles?

—Sí, pero sin permiso de trabajo. Trabajan a salto de mata. Los llaman de hoy para mañana y por lo general se despiertan temprano, porque casi todos los trabajos están fuera de la ciudad: el *hinterland*, la Brianza, a veces por la zona de Brescia.

Doni asintió con la cabeza y después preguntó:

—Usted no es, naturalmente, una asesina, ¿verdad?

Elena volvió a reírse. Mostraba una sonrisa bonita: fresca, explosiva. Doni ya no estaba acostumbrado a oír reír a las personas.

—No, creo que no.

—Y tampoco es cómplice de los culpables.

—Desde luego que no.

—Bien. Eso me tranquiliza.

—Me alegro.

—Yo ni siquiera debería estar aquí, ¿lo sabe usted, verdad?

—Ya lo creo que lo sé. Y el hecho de que esté aquí no hace sino confirmar hasta qué punto es, en el fondo, una persona excepcional.

La expresión de Doni se ensombreció.

—No me gustan los elogios vacíos —dijo.

—No pretendía que fuera un elogio. —Se volvió a mirarlo—. Excepcional, en el sentido de una excepción a la regla. Solo eso.

—Excepciones siempre, errores nunca —dijo Doni—. Es un antiguo lema mío.

—Perfecto. Esta visita corresponde a la excepción.

Callaron y Doni se puso a mirar por la ventanilla. Acababan de pasar una rotonda —vislumbró el nombre de Via Predabissi— y siguieron por la misma calle, sin prisa. Por el lado derecho, había un paisaje uniforme: un *kebab*, un bar de chinos, una carnicería, un café, una heladería, una tienda de electrodomésticos, un bar de chinos, un *kebab*, una pastelería, un café, una carnicería, una sala de juegos, una tienda menos definible.

Doni se fijó en los detalles: dos jubilados bebían vino fuera de una *trattoria*: un rótulo milanés, «Desde 1910»; muchachos norteafricanos sentados en la acera, con cigarrillos entre los dedos; viejas con gorras rojas y medias de nailon; un tipo con pelo largo y funda de guitarra a la espalda frenó de golpe con la bici.

—¿Le gusta el paisaje? —preguntó Elena.

—Miro en derredor —respondió Doni.

Avanzaron un poco más, hasta casi el final de la calle. En un semáforo más adelante, Doni vio que la vía se curvaba de pronto a la derecha. Elena puso el intermitente y dobló en una calle secundaria, en la que en seguida encontró donde aparcar.

—Vamos —dijo—. Está muy cerca.

Doni cogió la bolsa y después decidió dejarla en el maletero. Mientras la muchacha cerraba el coche, él se reflejó en la ventanilla: traje gris a rayas y corbata oscura.

Cruzaron y remontaron unos cincuenta metros por Via Padova. Elena se detuvo delante de un edificio no demasiado diferente de los demás: amarillento y con fachada decrépita. La fila central de ventanas tenía balcones de mármol y en uno de ellos Doni vio apilados un triciclo, dos tablas de madera y un somier metálico.

Junto al portal había un bar minúsculo con dos mesitas fuera. En una de ellas estaba sentado un hombre de la edad de Doni —bigote blanco y gorra de béisbol en la cabeza— que cruzó la mirada con la suya y después la bajó hacia el vaso.

Elena dijo algo por el interfono, sin dejar de sonreír. Al abrirse el portal, hizo una seña a Doni para que entrara.

El patio interior trasladó a Doni a su infancia, a la casa del Piazzale Susa: una explanada de ladrillo, con un gran portal de metal verde en el ángulo derecho. Al otro lado, un trecho del terreno era aún de tierra batida, como una marca del pasado que resistía: cinco niños, todos de piel oscura, seguían una pelota y levantaban nubes de polvo. Una mujer vestida enteramente de blanco agitaba delante de su cara una página de periódico. En los escalones de enfrente de la portería —vacía y con un cristal resquebrajado—, dos chicos con pantalones cortos se pasaban un cigarrillo.

Elena y Doni subieron al tercer piso de la primera escalera y después torcieron a la izquierda: las típicas casas milanesas, todas asomadas a una galería exterior con barandilla que rodeaba el patio, piso tras piso. En tiempos vivían en ellas los trabajadores, los tranviarios, los meridionales, las pequeñas familias que componían Italia. Ahora era el reino de los extranjeros.

Doni caminó con sofoco. Cuando se detuvo, se llevó una mano al costado.

—Es aquí —dijo Elena.

Se abrió la segunda puerta y apareció en el umbral un rostro de mujer.

La señora, con velo, los hizo acomodarse en el sofá. Era bastante joven, de unos treinta años, y tenía una hermosa cara redonda. Doni no sabía si estrecharle la mano. Se limitó a sonreír y también Elena hizo lo propio.

La mujer se alejó, vertió agua y azúcar en una ollita y la puso al fuego. Después se volvió y dijo que los hombres no tardarían en aparecer. Uno estaba en el cuarto de baño y el otro se había echado en la cama para descansar después del trabajo. Al final, desapareció por el pasillo que quedaba a espaldas de ellos.

Elena no decía nada. Doni miró en derredor; el mobiliario era casi todo de plástico: una mesa blanca como las de los bares en la calle y muchas sillitas de colores alrededor; una alacena, una cocina reciclada, una nevera que zumbaba. El sofá en el que se habían sentado estaba cubierto con una tela sin bordados.

Doni comprendió que lo que lo incomodaba era la pobreza de aquel lugar, no la extranjería ni la diversidad ni las posibles dificultades de comunicación ni tampoco, en el fondo, aquella situación absurda, que era lo que más temía.

¿Cuánto tiempo llevaba sin tener contacto con la miseria? Oh, desde luego, la había conocido durante su trabajo, pero hacía años que no sentía aquel olor: a cebollas y polvo, a ropa tendida y papel viejo. Su vergüenza y la de quien en aquel momento acogía: su corbata de seda y la puerta rota de la despensa. Se estrechó las manos: estaban sudadas.

Cuando la señora volvió, unos minutos después, el agua estaba hirviendo. Tomó té verde —imaginó Doni— de un tarro y echó cuatro cucharaditas en el agua. Bajó el fuego, se volvió y sonrió a los huéspedes.

Entonces entraron los dos hombres en el cuarto. Uno era regordete y totalmente lampiño. Doni se fijó al instante en sus ojos: grises, hundidos, exhaustos. El otro era muy alto, de un metro ochenta y cinco, más o menos, y de una delgadez nerviosa. No cesaba de tocarse el bigote.

Los dos hombres tomaron dos de las sillitas de colores y se sentaron delante de Doni y Elena. Entretanto, la mujer había apagado el hornillo. De un tazón del fregadero sacó unas hojas de menta y las desmenuzó en cuatro vasos. Vertió el té, colocó los vasos en una bandeja y sirvió a cada uno de ellos. Elena le dio las gracias en árabe y ella respondió con otra sonrisa. Después volvió al pasillo.

El hombre alto dijo:

—Yo me llamo Tarek. Este es mi primo Riadh y no habla italiano bien, discúlpelo. Yo le hago de traductor.

—No tiene importancia —se apresuró a decir Doni.

Tarek lo miró inexpresivamente.

—Has venido para hablar de Jaled —le dijo.
—Sí —intervino Elena—. Este señor, Roberto, trabaja para la magistratura. Quiere defender a Jaled.

Doni abrió la boca, pero no dijo nada. Tarek asintió dos veces, en silencio. Riadh cogió el vaso de té y sorbió ruidosamente. No parecía particularmente interesado en la escena.

—Os diré lo que sé —prosiguió Tarek—, pero no quiero que venga aquí la policía ni cosas así. ¿De acuerdo?
—Desde luego —dijo Elena. También Doni asintió.
—Así que os diré lo que sé, porque es justo, pero nada de policía. Y tú me prometes que no dirás nada de mí.
—Lo prometo —dijo Doni.
—Como acordamos —recordó Elena—, exactamente como acordamos.

Tarek volvió a guardar silencio. Del cuarto contiguo llegaron los gritos de un niño (o tal vez dos) y después la voz de la señora: clara, baja, dulce, un clarinete, pensó Doni. A su voz se añadió otra más, la de una muchacha: un violín.

—Jaled es bueno —prosiguió Tarek—. Nada tiene que ver con aquella gente. Trabaja conmigo y con mi primo y nunca ha creado problemas a nadie. Íbamos a la obra juntos. El jefe viene a buscarnos. Nosotros esperamos en la calle por la mañana temprano, aquí cerca, y también Jaled esperaba con nosotros, aunque él era fijo y nosotros trabajamos solo de vez en cuando. Fumamos cigarrillos, hablamos. A veces traía comida para el almuerzo. Después en el trabajo hacía lo que debía: ladrillos, cal, hierro, todo. Hablaba conmigo, con Riadh, hablaba con todos y siempre amable. Nunca ha usado armas, nunca. Jaled no ha herido a nadie. Es imposible.

No fue él, seguro.

De nuevo, silencio. Elena se volvió hacia Doni, con una débil sonrisa; él venció el deseo de huir y procuró parecer profesional.

—Bien. ¿Puedo hacerle algunas preguntas?
—Sí —dijo Tarek.
—¿Cuánto hace que vive en Italia?
—Yo desde hace cinco años; mi primo, desde hace ocho meses.
—¿Tiene permiso de residencia?

Tarek miró a Elena.

—No se preocupe —dijo ella—. No.
—No —dijo Tarek.
—¿Cuánto hace que conoce a Jaled?
—Casi un año. Antes yo no trabajaba allí.
—¿Dónde?
—Con Marco, el hombre que nos da esos trabajos.
—El maestro albañil del que le hablé —intervino Elena.
—¿Qué relación tiene con ese hombre? —insistió Doni.
—¿El jefe? Es bueno.
—¿Les ha pagado siempre?
—Siempre.
—¿También pagaba a Jaled?
—Siempre. Además, él tiene el permiso y es fijo, como ya le he dicho.
—¿Le dio la impresión de que estuviera preocupado, en los días anteriores al suceso? ¿Que tuviese problemas, algo extraño?
—No, no... Problemas, no, ningún problema, nada.
—¿El señor Riadh tiene algo que añadir? ¿Puedo preguntárselo?

Tarek habló brevemente en árabe con su primo. Este se reanimó, asintió con la cabeza dos veces, respondió y cortó el aire con una mano.

—Piensa como yo —dijo Tarek—. Ningún problema.

Doni asintió con la cabeza.

—Bien. ¿Tuvieron ocasión de frecuentarlo también fuera del trabajo?

—¿A quién?

—A Jaled.

—Algunas veces. Vivía más abajo, en Via Padova —hizo un gesto para indicar el sur.

—Sí. ¿Y qué impresión les causó, fuera del trabajo?

—La misma.

—¿Conocía usted a su hermana? Tiene una hermana, ¿verdad?

Tarek movió la cabeza.

—Sí, nos hablaba de ella, pero nunca la vimos.

—¿Les ofreció droga alguna vez?

—No, droga, no; no.

—¿Ha traficado alguna vez, en su opinión?

Tarek puso una sonrisa opaca. Doni notó que la mano de Elena se apoyaba de improviso en su brazo.

—No lo sé. Al comienzo muchos trafican. ¿Qué se puede hacer? Pero ahora estaba en regla. ¿Para qué la droga? Tenía un trabajo y el permiso: todo en regla.

—¿Están en condiciones de aportar una coartada para Jaled, en la noche del delito?

—No le he entendido.

Doni formuló de nuevo la pregunta:

—¿Saben dónde estaba Jaled en la noche del delito?

—No.

—Él dice que se encontraba con un amigo en un bar,

pero no ha dado el nombre del amigo. ¿Tienen idea de quién puede ser?

—No, lo siento.

—Entonces no hay pruebas.

—No es necesario. —Tarek pareció excitarse—. Quien es bueno no hace esas cosas y Jaled no ha hecho nada. Pregunta a todo el mundo. Pregunta por ahí, pregunta a los de la obra, al jefe. Pregunta a todo el mundo. No somos todos malos los árabes, ¿sabes?

—Lo sé perfectamente —dijo Doni y se notó una gota de sudor en la punta de la nariz—. ¿No conocen a nadie que pueda atestiguar a favor de Jaled, decir dónde se encontraba aquella noche?

—No.

—De acuerdo. Una última pregunta. Ustedes son tunecinos, ¿verdad?

—Sí.

—¿Qué trabajo tenían en Túnez?

—Yo era profesor de Matemáticas; mi primo reparaba zapatos.

—¿Profesor de Matemáticas?

—Sí.

Doni cerró los ojos, después se levantó y dio la mano a los dos.

—Muchas gracias y que tengan suerte —dijo.

13

Elena aparcó delante de una gasolinera, a diez metros del paso elevado para peatones. No apagó el motor. Delante de ellos, un viejo pasó en bicicleta con los codos abiertos como alas. La luz era ya más escasa.

—¿Debo acompañarlo hasta su casa? —preguntó la periodista.

—No es necesario —dijo Doni, tras mirar el reloj—. Basta con que me lleve al metro más cercano.

Elena buscó en su bolsa y cogió el teléfono móvil. Pasó el pulgar por la pantalla, como para quitar el polvo, y después lo volvió a colocar donde estaba.

—Mire —dijo—. Si le parece bien... Sí, si le parece bien y no tiene prisa, me gustaría enseñarle Via Padova a pie.

—¿Cómo?

—Sí, eso. Me gustaría caminar con usted hasta Piazzale Loreto. Será un cuarto de hora como máximo. Simplemente para que vea un poco esta calle, la gente, la atmósfera.

Doni estaba muy cansado y la idea de encontrarse en un lugar y un momento inadecuados estaba resultándole cada vez más apremiante. Era ya algo físico, una alarma glandular que le oprimía la garganta: mi mujer me espera y aún no he cenado.

—No veo qué utilidad puede tener.

Elena buscó refugio en su sonrisa:

—Digamos que es para completar la investigación.

—No hay ninguna investigación —dijo Doni—. Esos dos no han dicho nada útil, lo único que han hecho ha sido recalcar que Jaled es un buen muchacho.

—Pero eso ya es algo, ¿no?

—Cualquiera puede decir de cualquiera que es un buen muchacho.

—Bueno, no les ha preguntado nada más.

—No sabían nada más. Es evidente.

—Han dicho lo que saben.

—Y lo que saben no es siquiera un comienzo de prueba.

Ella se apoyó en el volante.

—Sí, sí, ya lo sé.

Permanecieron en silencio y miraron la calle por el parabrisas.

—Este barrio —dijo ella— es algo más que los sucesos que se producen en él.

—¿En qué sentido?

—¿Qué sabe usted de Via Padova?

Doni abrió los brazos.

—Lo que sabe todo el mundo: inmigrantes, pobreza, tráfico, camionetas del ejército por la calle.

—Exacto: los sucesos; pero hay mucho más, señor magistrado. Los hechos son un velo, los hechos van y vienen y por debajo está la vida de las personas. También yo me equivoqué al principio. Un periodista cree que la verdad acaba ahí, en lo que sucede y en el momento en que sucede. Basta con contarlo y se ha cumplido con el cometido, pero no es así. —Se rascó una mejilla y lo miró—. No es así, hay mucho más. ¿Quiere usted caminar conmigo hasta Via Loreto? Solo le pido eso.

Conque caminaron, un paso tras otro, como había hecho siempre en Milán, en otro Milán que no era aquel, cuando era más joven, cuando caminar era hacerlo por el centro, del centro a los primeros alrededores después de la muralla española, de casa a la universidad y después el regreso.

Doni no comprendió lo que había que ver hasta que, a la altura del parque Trotter, una mujer insultó en napolitano a un muchacho chino en bicicleta, porque la había obligado a detenerse en el paso de peatones. Dos viejos peruanos se rieron.

¿Y qué más?

Y, además, aquel olor. Ese era un detalle que se le había escapado. Milán no era una ciudad que cruzar con los sentidos, el escenario natural de un paseo: se lo había dicho también Salvatori. Milán era insípido, inodoro... era un lugar compuesto de negaciones. Por eso le gustaba, en el fondo: porque era cualquier cosa y ninguna a un tiempo.

Y, sin embargo, Via Padova no correspondía a esa idea. En cierta ocasión había estado en el sur de Francia, con Claudia. Habían viajado entre Marsella, Montpellier, Perpiñán y Tolosa. Se habían embriagado con perfumes aún más que con imágenes: era como si todo soplo de viento entrañara un matiz concreto... como si toda molécula de oxígeno llevara oculta una semilla. Ya no parecía tan diferente.

Vio a un marroquí o un argelino quitarse la camiseta para desafiar con los puños a otro hombre. Con el frescor del anochecer, los dos cuerpos parecían brillar. Estaban vivos y palpitantes como ninguna otra cosa. A su alrededor se formó un corrillo de personas, pero la mayoría de la gente se limitaba a echar un vistazo y marcharse. Los dos hombres se enfrentaron dándose pequeños empujones en el pecho. Después se quedaron parados estudiándose: Elena y él ya los habían dejado atrás y Doni tuvo que volverse. La silueta de la calle era como un retablo. ¿Dónde estaban los policías que había visto antes?

Continuaron. Había un coche parado en la rotonda, del que salía música con el volumen muy alto. Tres sudamericanos en círculo se pasaban una botella de Heineken. Una mujer que estaba con ellos inició un paso de baile moviendo su grueso vientre y rompió a reír. Un viejo paseaba a un perro. Dos muchachas, sentadas delante de una lavandería, fumaban mirando al cielo.

Pensó en su prima Lara. A los cincuenta años, Lara había empezado a tomar ansiolíticos. De repente, tenía miedo de las personas, de cualquiera. Costaba aceptarlo, porque siempre había tenido una vida normal: era secretaria en un banco, casada y con tres hijos. De un día para otro, le habían sobrevenido aquellas crisis. Era la gente, decía, las personas: la gente de Milán. No lograba codificar aquel suceso, atribuirle un nombre: de ahí los ansiolíticos. Después se le había pasado.

Un *kebab*: mesitas rojas fuera; un señor fumaba un

narguile bajo un toldo de plástico; platos llenos de carne y especias, té en vasos de cristal. El carnicero de al lado gritó algo en árabe al dueño del local.

Un restaurante sudamericano regentado por chinos.

Una tienda de comestibles bangladeshí. El hombre estaba metiendo una caja de verdura dentro de la tienda. En la penumbra poco iluminada por una luz de neón blanquecina, Doni vio explotar el rojo de los pimientos. Adelante.

Las fachadas de los edificios estaban como corroídas por la sal y los balcones parecían abandonados... pero había dignidad en aquella dejadez. El propio espacio era algo diferente y Doni volvió a pensar en el Palacio de Justicia. Aquellos dos lugares convivían en la misma ciudad.

Por el lado izquierdo de la calle, había otra tienda de comestibles. Tres muchachos estaban sentados delante del escaparate y en cierto momento el encargado del establecimiento les pasó unas cervezas... Doni se sorprendió al principio y después se dio cuenta de que el escaparate estaba roto. Había desaparecido. El encargado vendía directamente a la calle.

Cuando llegaron a Piazzale Loreto, Doni se pasó la bolsa de la mano izquierda a la derecha y estrechó la mano a la periodista. Ella lo miró con aquella sonrisa infantil suya. No habían vuelto a hablar.

—Entonces, ¿qué? —dijo.

—¿Qué de qué?

—¿Le ha gustado?

Doni se encogió de hombros.

—Es diferente del resto de la ciudad, de eso no hay duda.
—Es un mundo que hay que comprender paso a paso.
—He visto una pelea en la calle, no es exactamente el mejor modo para convencerme.

Ella sonrió de nuevo, sin motivo.

—De acuerdo. Tal vez tengamos otra oportunidad.
—No lo sé. Ahora tengo que irme de verdad. Me despido de usted.

Se dieron la mano.

—Una última cosa, señor magistrado —dijo ella.
—Sí.
—¿Podría hablarme de tú?
—Pero ¿por qué?
—Me siento incómoda si me habla de usted.

Doni suspiró.

—De acuerdo, Elena.
—Gracias, mucho mejor.
—De verdad que debo marcharme.
—Sí, desde luego. Discúlpeme que nos hayamos entretenido. Espero que haya sido un rato útil —añadió.

Doni pensó en qué podría decir. Al final, no dijo nada.

—¿Podemos al menos decir que es de los nuestros? —preguntó Elena.

Doni la miró estupefacto.

—No podemos decir nada.

Aquella noche, Doni durmió poco y mal y se despertó antes del amanecer. En los dedos sentía aún el asco de aquel sofá y aquellas personas, la sensación de irrealidad por aquel episodio fuera del Palacio de Justicia, muy ajeno a sus cometidos y a su jurisdicción. «Norteafricanos de los cojones», pensó. ¿Qué le pasaba en la cabeza?

Aún en pijama, fue a la cocina y preparó un té Earl Grey. Apagó el fuego un poco antes para evitar el pitido del hervidor, puso la bolsita en la taza y cerró los ojos.

Claudia se levantó un cuarto de hora después. Estaba apretándose el cinturón de la bata.

—¿No te encuentras bien? —preguntó.

—He tenido pesadillas —dijo Doni—. No quería despertarte.

Claudia puso una mueca.

—¿Pesadillas sobre qué?

—Nada concreto: pesadillas.

Ella asintió con la cabeza y se sentó frente a él. Después miró su taza.

—¿Té o tisana?

—Té.
—¿Quieres desayunar?
—Me parece que es un poco temprano.

Miraron los dos el reloj de la pared, un plato de cerámica decorado. Las seis menos veinte.

—En efecto —dijo ella, sonriendo—. Entonces podríamos quedarnos un poco en el sofá escuchando algo. ¿Qué me dices?

—Digo que hace bastante que no escuchamos música juntos.

—Por eso.

Claudia eligió las *Kinderszenen* interpretadas por Martha Argerich. Doni recordó el aperitivo de unos días atrás, cuando había vuelto a casa después de haber leído el correo electrónico de Elena Vicenzi, y sintió como un temblor, una sensación desagradable. Claudia le cogió una mano.

—¿Cómo te encuentras? —le preguntó.

—Bastante bien.

—Mira —dijo—, siento haberte tratado mal la otra noche.

No se hablaban de verdad desde la cena con el viejo y el acceso de tos. Doni movió la cabeza y tomó un sorbo de té.

—No tiene importancia.

—Lo siento de verdad.

—No tiene importancia —repitió Doni.

Ella le dio un beso en la mejilla y apoyó la cabeza en su hombro. Doni podía imaginar a Martha Argerich en el estudio de grabación, mientras acariciaba apenas las teclas de su instrumento: todo aquel talento, todo aquel esfuerzo para crear unos minutos de belleza, para volverla real a fin de que todos puedan disfrutarla, para transmitirla de una parte a otra del mundo hasta llegar a aquel salón, a aquel par de burgueses de Milán, él y ella, un magistrado y una consultora, que habían envejecido juntos.

Se estrecharon las manos. Doni pensó en Elisa y que le gustaría mandarle una foto de aquel momento, una foto en la que se vislumbraban apenas los rostros en la oscuridad: mira, tus padres aún se quieren.

—Es hermoso —dijo Claudia.

—Sí —dijo Doni y en aquel momento advirtió que estaban susurrando como dos jóvenes de dieciocho años que volvían a casa tarde, procurando no despertar a la madre de uno o de la otra y con el único fin de dominar aquel silencio... de no romper el encanto de la noche que se acababa.

Duró unos instantes aún. Después Doni se levantó de repente y corrió al cuarto de baño.

Se pasó las manos llenas de agua por la cara y miró en el espejo las gotas que caían. Tenía las mejillas reblandecidas y barba de dos días, blanca. Se agarró al lavabo con las dos manos.

«Idiota», pensó, «idiota».

Dejó correr de nuevo el agua por la cara y el cuello hasta mojarse el pijama. Después oyó a Claudia llamar a la puerta y hablar. La voz quedaba cubierta por los golpes.

—¿Te encuentras bien? —decía.

—Sí, sí. Ya voy.

—¿Seguro? Has escapado corriendo.

—Sí —repitió Doni—. Solo un... Ya voy.
Miró fijamente una última vez la imagen en el espejo y después salió.

A Doni le costó trabajar por la mañana y después buscó consuelo en el bar del Palacio de Justicia.

El local recordaba a los de las estaciones de provincias: interiores de madera, una barra ancha y demasiada gente esperando su turno y dándose golpecitos en los nudillos o con un cigarrillo en el reloj. Doni habría preferido que no hubiera lugares así en el Palacio y, sin embargo, los había: zonas de resistencia en las que las personas se concentraban para hablar, volverse normales, como si estuviesen en una oficina cualquiera.

En uno de los tres veladores del pasillo, simples círculos de madera con un soporte de metal, estaban tomando café Dellera y Recalcati, dos colegas de la Fiscalía General. Doni volvió de la barra y dejó la tacita en su mesa. Dellera puso cara de asombro.

—¡Hombre! Mira quién está aquí —dijo.
—Hola, Marco. Hola, Giorgio.
—¿Qué ha sido de ti, Doni?
—¿En qué sentido? ¿Que cómo he acabado?
—Es que hace un tiempo que no se te ve —dijo Recalcati.

Doni se encogió de hombros.
—Es que trabajo.
—Lógico.
—¿Y cómo te va con la sala de los ordenadores? —preguntó Dellera.
—Mejor no hablar.

—Vale. Mejor recuerda que dentro de una semana tendremos el maravilloso almuerzo de Paoli.

Doni se dio una palmada en la frente.

—Lo habías olvidado, ¿eh? —dijo Recalcati sonriendo.

—Pues sí, lo había olvidado.

—Ya sabes cuánto le gusta. Si no te ve, después se pone a decir: «¿Y dónde está Roberto? ¿Qué habrá ocurrido?» Etcétera. —Guiñó un ojo—. Si quieres salir de esta jaula de locos, debes ganártelo.

—Sí —dijo Doni—. Debo apuntármelo en la agenda.

Dellera tosió y dijo:

—Chicos, que estamos en la pausa del café. Deberíamos hablar de fútbol, no de Paoli y sus almuerzos en el campo.

—Sí, deberíamos hablar de la Juve precisamente —dijo Recalcati.

—He dicho de fútbol, Marco, no de criminales.

—Vete a tomar por culo.

—¿Debo recordarte toda la historia?

—Vete a tomar por culo.

—Pues sí, resulta cómodo comprar la victoria, ¿no?

—Y vete a tomar por culo por tercera vez.

Dellera rompió a reír. Doni bebió el café y posó la taza vacía en la mesa.

—Hoy el café da asco —dijo.

—Es verdad —dijo Recalcati.

—A mí siempre me da asco —dijo Dellera.

—A ti te da asco todo.

—No. Solo la Juventus.

—Ahora sí que te mato.

—Empieza matando a tu mafiosa directiva.

—No quiero oír ni una palabra más.
—He dicho: *comienza matando...*
—Calla la boca.
—Pero, ¿por qué? ¿Tú también apoyas a Moggi?
—Calla la boca, te digo. No sabes de lo que hablas.
—Solo lo sabéis Moggi y tú.
—Te mato. Ya lo verás.
—Mátame.
—Me acabo el café y lo hago.
—Te espero.
Rieron a la vez. Doni se marchó.

Pasó el resto de la jornada releyendo la sentencia de primera instancia de Jaled y hacia las cinco Claudia lo llamó para avisarlo de que no volvería para la cena. Doni decidió no comer. Trabajó como si no hubiera nadie más en el mundo: los papeles y él, la pantalla y él, como en los viejos tiempos.

A las ocho, se levantó del escritorio con latidos en las sienes y dio un largo paseo por el Palacio.

Primero recorrió para arriba y para abajo su pasillo: luces de neón colgadas de cables frágiles solo en apariencia, desde hacía treinta o cuarenta años; puertas de cristal en cada sección. Intentó imaginarse como un extraño, una partícula errante, uno de los clientes perdidos en aquel edificio. Las puertas de madera para los despachos como el suyo eran semejantes a las de las aulas de la Universidad Estatal: las mismas luces, el mismo silencio a la misma hora.

Volvió a subir la escalera: polvo y oscuridad.

Llegó a los pisos superiores, la construcción sobreelevada de color negro que había obligado a poner clavos en el mármol porque amenazaba toda la estructura con un desplome, sin que ocurriera nunca. No encontraba a nadie. Todos los jueces debían de haber vuelto a casa. Doni imaginó a sus colegas proponiendo a sus compañeros una cena en el nuevo coreano de debajo de casa. Imaginó a sus colegas tomando una copa o cualquier otra cosa para olvidar la jornada, antes de volver con sus mujeres o a sus apartamentos solitarios.

Imaginó toda la ciudad, su Milán, latiendo bajo el control del Palacio de Justicia, como un mecanismo regulado con esfuerzo, todo fragmento de belleza y dolor sometido a leyes más altas... pero, ¿cuáles?

Llegó al último piso, jadeando. Se aflojó un poco la corbata. Después miró abajo, desde una ventana, la calle, el vacío.

15

El dueño del Bagatella, el viejo Renato, tenía ideas claras sobre la selección de sus clientes. Si conservabas aún todo el pelo en la cabeza o no llevabas chaqueta, probablemente no fueras la persona adecuada para aquel local. «Lo siento, amigo. Pruebe en la cervecería cinco números más abajo.»

Por lo demás, el Bagatella nada tenía de especial: una covachuela en las elegantes calles adyacentes a Via Torino, sin televisión ni cócteles, solo vino, un expendedor de cerveza clara y algunas botellas de licor *amaro*, pero su singularidad estribaba precisamente en la falta de particularidades, cultivada rigurosamente durante decenios; con el tiempo su escasez había llegado a ser un signo distintivo y, para Doni, era uno de los pocos sitios donde se sentía de verdad a gusto.

Mientras esperaba a que le sirvieran un vino blanco, sacó los documentos del otro proceso en el que estaba trabajando.

Funciona así. Los fiscales generales se organizan de mes en mes: señalan sus posibles impedimentos o vacaciones en el período siguiente y después reciben los turnos de las audiencias con los diversos expedientes y la función que les corresponde en cada caso. En cada uno de ellos figura la sentencia en primera instancia con los motivos de apelación. Después se pueden añadir documentos anexos.

Lo malo de la apelación, como había descubierto Doni nada más ascender, era su naturaleza híbrida, intermedia. No se admiten más pruebas —exceptuados casos en verdad excepcionales— y se juzga solo sobre el papel, más que nada cuestiones formales, pero, a diferencia de la casación, se juzgan también los hechos.

Renato dejó el vaso y un platillo de cacahuetes en la mesa. Doni se mojó apenas los labios y consultó los documentos.

El segundo proceso era más complicado que el de Ghezal y la historia claramente peor: una niña de ocho años violada por su tío, en provincias, uno de aquellos municipios del sudeste de la ciudad, aferrados a la ronda de circunvalación como a la ribera de un golfo.

Comprobó si se encontraba en la bolsa el CD con el testimonio de la menor. Un día su hermano le había preguntado cómo podía pasar toda una tarde con un cuaderno en la mano y mirando un vídeo en el que dos psicólogos hablaban con una niña sobre las violencias que había padecido. La respuesta era sencilla: no lo podía soportar. Lo hacía y se acabó. Llega un momento en que los hechos vuelven a ser lo que son: hechos. Para sobrevivir, despojas todo acto de su significado: solo interesan las causas, solo la física del mal y no la ética.

Doni echó otro trago de vino. Era fresco y bueno. Miró en derredor: aparte de él, solo había una señora de unos cuarenta años que hojeaba el periódico y dos señores inclinados sobre el tablero de ajedrez. Ya no veía a nadie jugar al ajedrez, en la ciudad. En el decenio de 1970, en la época de Bobby Fischer, se había puesto de moda: los veladores de los bares estaban llenos de aficionados y en el parque había quienes usaban como reloj un despertador... sin siquiera entender cuál era su función.

En cierto momento, Renato se sentó a su mesa. Doni se sorprendió, porque no era costumbre.

—¿Cómo está, señor magistrado? —preguntó.

—Bastante bien.

—Pero, ¿trabaja también en el bar? —Señaló los documentos. Doni los reordenó con un gesto maquinal.

—Sí. No hay descanso nunca.

—Dígamelo a mí. Yo trabajo cuando los demás, exceptuado usted, vienen aquí a descansar y, además, está el resto: los pedidos, la limpieza, los gestores, los trámites. En la práctica no estoy quieto ni un segundo. —Se rascó la mano—. Además, es que estoy pasando por un mal momento, la verdad.

—¿Le ha sucedido algo?

—A mí, no. —Calló un momento, se aseguró de que nadie lo necesitaba—. Discúlpeme si me tomo la libertad: mi hijo no está bien. Le han encontrado un cáncer en los pulmones.

—¡Huy, Dios mío! —dijo Doni.

—Sí.

—Lo siento muchísimo. ¿Cuántos años tiene?

—Treinta y cinco. ¿Tiene usted también hijos, señor magistrado?

—Sí, una hija.

—Pues entonces me entenderá.

Se quedaron un momento en silencio. Doni miró el halo de vaho en torno a su vaso.

—Ya sabe usted lo que pasa —prosiguió Renato—. Me parece que damos vueltas y vueltas, pero siempre tiene que haber algún problema.

Doni siguió callado aún, en espera de que el otro continuara. Nunca se le habían dado bien las frases de circunstancias y detestaba que las personas —en particular, las reservadas, como Renato— se lanzaran a las confidencias.

—Sí, en pocas palabras, es como si, hagamos lo que hagamos, siempre nos encontramos con los pantalones caídos. Perdóneme. Fíjese en este bar: yo limpio un rincón y el otro se ensucia, preparo el vino para usted y otro me pide un café, entonces me vuelvo y preparo el café, pero usted ha acabado el vino y entonces debo volver a recoger su vaso y demás y así siempre.

—Podría contratar un camarero —aventuró Doni.

Renato lo miró como a un imbécil.

—Pero no me refería a eso —dijo. Unos instantes después, preguntó—: ¿Conoció usted la guerra?

—No. Nací al final del cuarenta y cuatro.

—Yo tuve ocasión de verla un poco. Mire, nací en Toscana, en Pisa. Cuando tenía cinco años, cayeron las bombas y recuerdo que mi padre me cogió y me llevó en bicicleta fuera de la ciudad, a Vecchiano, a casa de mi abuela, y volvió a casa, porque antes debía ayudar a un amigo suyo, un refugiado, pero no se salvó. Una hora después de llevarme a donde mi abuela, cayó una bomba en la casa. Es que siempre te preguntas dónde hostias caerán las bombas y te respondes: en alguna parte, pero, con todo el espacio que hay, ¿cómo va a acabar cayendo una precisamente sobre mi chola? Pues así sucedió, vamos, que ni hecho a posta. Piensas siempre que las bombas caen en las calles, como en las películas, cuando se ve que saltan las aceras y la gente escapa, pero nuestra casa, no, y, sin embargo, fue a caerle precisamente a mi padre en la cabeza y lo destruyó todo: mi cuarto, las cosas de mis padres, todo. Después mi madre vino a Milán, a casa de su hermana, y yo me crié en el barrio de l'Ortica y cogí el acento. —Asintió dos veces con la cabeza y se pasó una mano por la nariz—. En fin, ni siquiera sé por qué le cuento todo esto.

—Pero no se preocupe —dijo Doni.

El del bar lo miró.

—¿Le parece a usted que el mundo ha mejorado? —preguntó.

—¿En qué sentido?

—En general. Desde cuando era niño.

—Es una pregunta difícil, Renato.

—Pues entonces voy a decírselo yo. La respuesta es que no. No ha mejorado lo que se dice nada y apenas hay personas como mi padre, que, después de llevarme, se quedó solo bajo las bombas y después volvió para dejarse matar.

Doni asintió con cautela.

—Entonces, ¿adónde quiere usted ir a parar? —preguntó.

—Pues es que no sé, no lo sé, pero, ¿qué sentido tiene hacer un hijo, si después le viene el cáncer, si no puedes cogerlo y alejarlo de las bombas?

—De acuerdo, pero, ¿qué sentido tiene, entonces, hacer cualquier cosa?

—Exacto. ¿Qué sentido tiene? Así mismo.

Doni sonrió:

—Se está volviendo usted un filósofo, Renato.

Este agitó una mano y acompañó el gesto con una mueca.

—No. Solo es que soy muy viejo.

Se abrió la puerta del bar y entró una señora con un sombrero de estilo inglés y gafas de sol de los años setenta. Renato apoyó las manos en la mesa y se levantó.

—Siento de verdad lo de su hijo —dijo Doni.

—Sí —dijo Renato—. Lo sé.

16

Volvió a llamar a Elena al día siguiente, hacia las once y cuarto. Había dejado en la puerta un *post-it* en el que decía que salía unos minutos, pero habrían podido oír su voz y, en cualquier caso, no había nada que ocultar. Quitó el *post-it*, cogió el teléfono y marcó el número.

Ella respondió tras un solo tono.

—Vicenzi —dijo.

—Buenos días. Soy Roberto Doni.

—¡Señor magistrado! Me alegro de oírlo. ¿Cómo está?

—Bien. ¿Y usted?

—Bastante bien, estoy trabajando en un artículo. ¿No iba a tutearme?

Doni asintió en el vacío.

—Sí, tienes razón.

—¿Ha vuelto a pensar en el caso de Jaled?

—En parte —dijo Doni.

—¿Y qué?

Apoyó un instante el auricular en la frente.

—No tenemos nada en que basarnos. Si no cuentas con algo concreto, no hay nada que hacer.

—Debemos hablar con la hermana de Jaled.

—Pero, ¿tiene algo en que apoyarse?
—No lo sé.
—No lo sabes. Elena, yo soy un fiscal sustituto y tengo cometidos precisos: deberes y responsabilidad. La máquina de la Justicia se pone en marcha despacio en este país, pero, cuando lo hace, hay que seguirla. Quiero decir que, si no hay forma de probar, ni siquiera a mí, no ya la inocencia de Jaled, sino al menos la presunción de la misma, entonces no hay nada que hacer. Ningún santo bajará a ayudarlo.
—Entonces, ¿por qué lo hace usted?
—Yo no estoy haciendo nada —dijo Doni—. Solo quiero actuar bien.
Callaron.
—Si está libre el sábado por la tarde, podemos ir a casa de la hermana de Jaled. Puedo preguntárselo.
—No lo sé.
—Piénselo y hágamelo saber, sin compromiso.
—De acuerdo.

Después de colgar, se puso a trabajar con la sentencia de la violación. Introdujo el CD del testimonio de los psicólogos en el ordenador y volvió a escucharlo con los cascos puestos. El tío había encerrado a la niña en el cuarto de baño, había hecho lo que deseaba y después la había amenazado para que no dijera nada a su madre (que se había quedado sola tras el divorcio). Sin embargo, ella había hablado. Doni subrayó la coherencia de la reconstrucción de la niña y volvió a compararla de nuevo con los datos que figuraban en la sentencia de primera instancia.

Más tarde, Salvatori le telefoneó para preguntarle si quería almorzar con él, pero Doni dijo que no. Salvatori le preguntó si era por lo de aquellos de la Guardia di Finanza, si estaba aún enfadado, pero Doni respondió que no. Simplemente quería estar solo. Notó alivio en la voz de Salvatori.

Cinco minutos después, hubo una nueva llamada, esa vez de Paoli, el fiscal general.

—Doni —dijo—. El jueves próximo hay una conferencia sobre la verdad y la comprobación de los hechos en Roma. Necesito que vayas tú. ¿Estás libre?

—¿El jueves? —Doni consultó su agenda—. Sí, no tengo ningún señalamiento.

—¡Qué bien! Mira, es un lío, debería ir yo, pero no puedo, y debe asistir alguien de Milán. —Tosió—. Las formalidades habituales. Reservas un vuelo, vas al restaurante y pasas una buena jornada. ¿De acuerdo?

—De acuerdo, Excelencia.

Al viejo, aunque era un demócrata, le gustaba mucho que lo llamaran «Excelencia».

—Estupendo. Ya sabes que detesto estas cosas.

—Lo sé, lo sé.

—Considéralo un viaje de placer.

—Así lo haré.

—Y no olvides el almuerzo de la semana próxima, ¿eh?

Doni colgó. Bajó al bar, compró una barrita de cereales y una botella de agua y después volvió al despacho. Comió junto a la ventana, mientras observaba a las personas que caminaban por Via Manara. Desde allí podía ver también los clavos en las lastras. Pasó la mano por uno de ellos, junto a su cristal. Era áspero. Era un clavo.

Después de almorzar, telefoneó a Claudia y le propuso, para la cena, algún plato preparado de Peck. Ella aceptó con entusiasmo... su voz, en los últimos días, parecía más aguda de lo habitual.

Después volvió a abrir el archivo *Testamento*. Corrigió algunas frases e introdujo dos líneas con otras disposiciones: se debían donar todos sus discos a la Biblioteca Sormani y, por tanto, se podían utilizar públicamente. Le pareció un gesto caritativo. Debería hacer otros. Después reanudó el trabajo.

Salió del Palacio antes de lo habitual. El sol estaba aún alto en el cielo y la primavera parecía a punto de transformarse en verano.

Doni caminó por el Corso di Porta Vittoria y giró a la izquierda en Via Gaetano Donizetti; después entró en una barbería. La había descubierto hacía un par de años y desde entonces se había encariñado con ella. Le gustaba que lo afeitaran. Le gustaba el calor de la toalla y el rumor del agua del grifo que corría. El barbero lo rasuró en el sentido del pelo y en el contrario con una vieja navaja de hoja entera, no de las que llevan la hoja insertada en el cuerpo del metal. La navaja crujía con cada pasada, y durante todo el tiempo Doni se concentró en aquel ruido.

Con la cara fresca de colonia volvió a subir hacia Corso Monforte y entró en una minúscula tienda de discos en Via Vivaio. En el escaparate figuraba desde hacía un mes el rótulo «Saldos por cierre». La dueña era una mujer de unos cuarenta años, con grandes gafas de pasta de color negro. Estaba sentada ante un portátil y hacía círculos con el ratón en el pequeño escritorio de la entrada.

En la sección de música clásica, Doni encontró una edición de las tres últimas sonatas para piano de Beethoven que no tenía. Ni siquiera conocía al intérprete: un joven de nombre eslavo.

Recordó que en cierta ocasión había hecho escuchar la sonata número 32 a Colnaghi. En determinado momento del segundo movimiento, este le había dicho: «Pero, ¡esto es *swing*!». Colnaghi no entendía demasiado de música, pero aquella expresión había interesado a Doni. Con el tiempo, volvió a escuchar varias veces aquellos compases de la sonata y comprendió que su amigo tenía razón. Llega un momento en que Beethoven da un salto adelante de cien años, rompe la marcha de los compases con una frase sincopada. Era increíble y más aún que hubiese sido Colnaghi, que no entendía de música culta, quien se lo indicara.

Compró el CD y se dirigió hacia el centro, pero estaba cansado y sentía pesadas las piernas. Tomó un taxi y se dio cuenta demasiado tarde de que el tráfico vespertino los atraparía. Aun así, esperó con paciencia y pagó una cantidad absurda por la carrera hasta Via Orefici.

Pasó por Peck. Todo el mundo en Milán conocía o al menos había oído hablar de esa tienda. A Doni le gustaba mucho quedarse contemplando los embutidos y los quesos, respirar aquel olor graso y burgués. Al final, se decidió por el *paté de foie gras*, un tarro de setas en aceite, cien gramos de *jamón ibérico* y dos terrinas de *lasagne* de verdura frescas del día.

Salió. Delante de la Catedral, un acordeonista zíngaro tocaba sin público una tonada melancólica. Unos muchachos senegaleses esperaban en la salida del metro a habitantes de las afueras, estudiantes y turistas para venderles lacitos de colores. La estrategia era siempre la misma: ofrecerlos de regalo y después pedir una moneda.

Un poco más allá, delante de la fachada de la Catedral, una loca predicaba agitando un velo blanco al viento. Por un instante, la escena pareció un fragmento de un cuadro flamenco.

Doni sacó el teléfono móvil y, sin pensárselo, telefoneó a Elisa. Para gran sorpresa suya, Elisa respondió.

—Hola, papá —dijo.
—Eli —dijo él.
—¿Cómo estás?
—Bien, bastante bien. ¿Y tú?
—Pues, ya sabes, aquí estamos.
—¿Y la universidad?
—Lo de siempre.
—¿Así que te han dado una beca?
—Al parecer, sí. Estos canallas querían dejarme tirada.
—Pero lo has conseguido.
—Pues sí.

Doni sonrió en el vacío.

—Me alegro de oírte —dijo.
—Bien.
—Nunca respondes a mis correos electrónicos.

Un instante de silencio.

—Es que siempre tengo un montón de cosas que hacer, ya lo sabes. Además, es que en este momento los correos electrónicos me salen por las orejas. Con tanto contactar a organizaciones y profesores, he pasado prácticamente las veinticuatro horas del día sin separarme del ordenador. No te imaginas lo que hay que padecer para conseguir unos cuartos. Después te los darán, desde luego, en eso son muy serios, no como en nuestro país, pero ha sido una pesadilla. Ni siquiera tenía tiempo para ir al laboratorio o leer algo.

—Comprendo.
—La dura vida de la investigadora.
—Es verdad.
—Además, estoy cansada y Bloomington... pues la verdad es que es una ciudad sin sentido. A veces tengo la sensación de que, aparte del campus, hay un vacío, de que, en cuanto sales de aquí, la gente desaparece. Para celebrar la beca, Sarah y yo hemos ido a Chicago. Ese sí que es un *place to be*, no como Indiana.
—¿Y no puedes ir allí a trabajar?
—¿Estás loco? ¡Cómo iban a aceptarme! Pero aquí ya ha salido bien.
—Pero tú vales mucho. Eres de las que hacen las cosas bien.
—Pero, papá, ¡qué tiene que ver! Ya te lo he explicado mil veces, hay que adaptarse y aceptar lo que se presenta y aquí hay gente que vale mucho más que yo, ¿vale?

Doni tragó saliva.

—Te echo mucho menos —dijo—. ¿Cuándo piensas volver?
—¿Ahora que tengo la beca? Debo ponerme a trabajar el doble, nada de volver.
—Vale, pero este verano vendrás por aquí, ¿no?
—Ya veremos.

Doni suspiró.

—Bueno, papá, debo dejarte, que ha llegado Sarah. Además, es que, si me llamas así, con el móvil, gastamos los dos una fortuna.

—Pero ¡qué importa!
—Era solo un decir. Sería mejor hablar por *skype*, si tú supieras usarlo. Que te lo explique mamá.
—Podrías empezar por responder a mis correos electrónicos.
—Vale, vale. Tienes razón. Ahora te dejo. Recuerdos a mamá, ¿vale? Y no abuses de los aperitivos, que te sientan mal al hígado.
—De acuerdo. Te quiero.
—Hasta luego.

Elisa colgó. Un sonido de claxon sobresaltó a Doni. Mientras se metía el móvil en el bolsillo, se dio cuenta de que había invadido la zona de los taxis. Un niño, cogido de la mano de su madre, lo señaló y se rio.

17

El sábado por la tarde, hacia las seis, Doni esperó en la primera parada de Via Padova junto a un grupo de inmigrantes. Cuando llegó el autobús 56 subió junto a la multitud y buscó un hueco en el que situarse. El vehículo apestaba y todo el mundo hablaba por teléfono o entre sí. No había un solo italiano, aparte de él y de una vieja con una gorrita en la cabeza.

Doni se guardó la cartera en el bolsillo delantero del pantalón y apretó la bolsa contra sí. Se había cambiado antes de salir, después de esperar que Claudia fuese a la peluquería. Con unos vaqueros y un jersey viejo, de hacía cuarenta años, no se dejaría sorprender.

Junto con la ropa de misión, había cogido una bolsa de deportes de Elisa, en la que había metido un magnetófono, una libreta y un bolígrafo. No pensaba que fuera a usarlos, pero la sensación de salir sin nada en las manos lo ponía nervioso. Estaba tan acostumbrado a su cartera, que no podía prescindir de algo parecido.

Un sudamericano se lo quedó mirando unos instantes. Doni bajó la vista. En la parada siguiente, subieron otras personas y la peste pareció aumentar.

Se apeó en la sexta parada, Padova Bengasi, como le había indicado Elena unas horas antes. En la acera llevaba aún la bolsa apretada contra el pecho. Lanzó un largo suspiro y pensó que sería la segunda y última vez: el asunto acabaría allí.

Elena le rozó el brazo y él dio un saltito sobre el pie derecho.

—Buenas tardes —dijo la periodista—. Parece que estoy destinada a asustarlo.

—No te había visto llegar.

—Llevo aquí un rato.

—¿Qué tal?

—Tirando. ¿Y usted?

—Tirando.

Elena puso una sonrisa nerviosa y levantó un dedo para indicar un lugar detrás de sí.

—Bien. ¿Vamos? Es aquí cerca, a unos pasos. La hermana de Jaled nos espera en un parque.

—¿No en su casa?

—No. Dice que no se fía.

—De acuerdo.

—Se llama Yasmina —dijo Elena.

Giraron a la derecha y continuaron recto un centenar de metros. La calle se abrió a una explanada con un parquecito de grava y la calle que giraba en derredor: un contorno de edificios marrones y algún holgazán en los bancos, dos columpios y un aparcamiento. Doni leyó la placa: plazuela de Tel Aviv.

En cuanto pusieron los pies en la grava, una muchacha se levantó. Doni había esperado, tal vez por el nombre, una joven bella y de aspecto vagamente sufrido: en cambio, la hermana de Jaled era baja, fea e inexpresiva.

Cuando estuvieron frente a frente, Doni advirtió con amargura un gran lunar en su cuello y la piel, de color carmelita claro, marcada con cicatrices debidas al acné.

—Señor magistrado, le presento a Yasmina. Yasmina, el señor Doni.

Le estrechó la mano y reprimió una sensación de náusea. Ella se limitó a asentir con la cabeza y esbozar una sonrisa.

—¿Nos sentamos? —preguntó.

—Sí —dijo Doni.

Yasmina se colocó entre ellos dos. Elena le tocó con una mano la muñeca, con delicadeza, y la invitó a hablar.

—Mi hermano no ha hecho nada —comenzó. Hablaba un italiano clarísimo, casi sin acento. Miró a Doni, quien asintió con la cabeza sin decir nada—. Jaled y yo llegamos hace cuatro años. Nuestra madre había muerto, papá no tenía trabajo y nuestro hermano mayor estaba en la cárcel, porque había caído en un enfrentamiento con la policía. En Túnez, los policías hacen contigo lo que les parece. Un día, lo pararon no sé por qué, reaccionó mal, le pegaron, lo acusaron y lo encarcelaron. Entonces Jaled me dijo: «Tenemos que marcharnos». «¿Y papá?», le pregunté yo. «Se quedará con el tío», dijo Jaled, «pero nosotros debemos marcharnos». Yo sabía que no era cierto, que el tío lo alojaría solo unos días y después lo echaría y perderíamos la casa para siempre y, al salir de la cárcel, si es que salía, mi hermano mayor no encontraría a nadie, pero, ¿qué podía decir yo? Tenía dieciocho años.

»Jaled había ahorrado algún dinero y trabajó un mes, día y noche, para conseguir más. Habló con los del puerto y había uno que era amigo de mi tío, por lo que pagamos la mitad de lo habitual; era como si yo viajara gratis. Una noche, preparamos las bolsas, papá ya estaba en casa del tío y nuestro hermano seguía en la cárcel, y fuimos al puerto y después más allá, a la playa. Había un barco bastante pequeño y nosotros éramos un centenar o tal vez más, no sé. Montamos todos y Jaled y yo estábamos los últimos, porque su amigo nos había admitido por la mitad del precio, pero había poco espacio, conque nos colocamos al fondo en un rincón. El barco zarpó y nos costaba sostenernos. El mar estaba en calma, nos decían que no tuviéramos miedo, pero yo lo tenía igual. Sin embargo, llegamos a Sicilia y no sucedió nada, solo una ola tremenda en cierto momento y tal vez cayera alguno al agua; todos gritaron y yo no entendía, me mantenía pegada a Jaled y nada más.

»Cuando estábamos a, qué sé yo, cien metros de la orilla, nos gritaron que bajáramos todos, que nos fuéramos al agua. Nosotros decíamos: "No, no. ¡Estáis locos!", y yo tenía los brazos cansados, pero ellos seguían igual: "Bajad, bajad, ¡que el agua no cubre!" Conque bajamos, pero el agua cubría y tuvimos que nadar un trecho con las bolsas y las maletas y mucha gente gritaba, pero estaba oscuro y no podíamos ayudarnos. Por suerte, yo tenía a Jaled, que me llevó, y llegamos a la playa empapados y todas nuestras cosas también; yo llevaba una bolsa con pan que no había tocado y, cuando la abrí, estaba reblandecido y se deshacía en las manos, daba asco. Lloré mucho porque ya no nos quedaba nada, ni siquiera un pedazo de pan, y habíamos abandonado a nuestra familia.

»Después vinimos a Milán. Al principio, no sabíamos

qué hacer, adónde ir, era terrible. Dormimos en una fábrica vacía del barrio de Bovisa, con otros, sin dinero y poco que comer. Después Jaled hizo amistad con un egipcio muy bueno, quien nos buscó una casa y a Jaled un trabajo en una obra. Así, él pudo trabajar, siempre siempre. Después consiguió el permiso de residencia; yo no, tuve que escapar a Francia, a casa de un amigo del otro amigo, que me llevó a Niza y me salvó también a mí; después volví a Italia y ahora estoy aquí. El caso es que Jaled no ha hecho nada.

La muchacha dejó de hablar. Doni callaba. Un gato gris cruzó la calle y se quedó mirándolos unos instantes.

Elena dijo:

—Yasmina, tal vez deberías contarnos algo sobre lo que hizo tu hermano aquella noche.

Ella parecía perdida.

—No puedo decirlo.

—¿Por qué no puedes decirlo?

—Porque no puedo.

Elena le apretó con más fuerza la mano.

—Yasmina, has aceptado que nos viéramos para que podamos ayudarte. ¿Te recuerdo lo que me decías el otro día? ¿Que no puedes más y necesitas que te echen una mano? No debes tener miedo.

Ella asintió con la cabeza.

—Salió con Mohamed —dijo al final y después se tapó la cara con las manos—. Oh, no debía decirlo. No debía.

—¿Quién es Mohamed? —preguntó Doni.

—Nuestro amigo egipcio, el que nos ayudó. Vino a recogerlo a casa y salieron juntos.

—¿Adónde fueron?

—No lo sé, de verdad.
—¿A qué hora volvió a casa Jaled?
—No recuerdo. Creo que a la una.

Doni repasó mentalmente los documentos del proceso. La agresión había ocurrido a las ocho y media.

—¿A qué hora salieron de casa? —preguntó.
—No recuerdo.
—Es muy importante, Yasmina —dijo Elena.
—Hacia las ocho quizá, las ocho y media, pero no estoy segura. Ya le dije todo eso al abogado.

Doni miró a Elena, que frunció el entrecejo.

—¿Te preguntó alguna otra cosa el abogado?
—No.

Doni reflexionó. En la sentencia no se citaba a ningún Mohamed. Jaled no había hablado de él nunca, aunque era su única esperanza para salvarse. La policía podía buscarlo y él prestar testimonio: en cualquier caso, habría sido otra posibilidad. ¿Por qué había callado Jaled?

—¿Tu hermano apreciaba a Mohamed? —preguntó.
—¿En qué sentido?
—¿Eran muy amigos?
—Sí, mucho: como hermanos, aunque el otro fuera egipcio.
—¿Hablaste de Mohamed al abogado?

Ella apretó los labios.

—Yasmina, ¿has hablado a alguien de Mohamed?
—No.
—¿Por qué?
—Porque Jaled no quería.
—¿Y por qué no quería?

Ella no dijo nada.

—¿Temía crearle problemas?

Yasmina se dio palmadas en las rodillas.

—Me dijo que no hablara nunca de Mohamed, porque había sido quien nos salvó la vida.

—¿Y por qué nos lo dices ahora a nosotros?

—Me fío de ella —dijo e indicó a Elena.

Doni estaba estupefacto.

—¿No te fías del abogado de tu hermano?

—No. También Jaled dice que no es bueno, pero él está tranquilo. No sé cómo lo consigue. Está ahí, tranquilo, y ni siquiera piensa en mí, en cómo vivo. Dice que todo se arreglará, pero ¡no se arreglará nada! Si el abogado se entera de que yo he dicho algo, Jaled se enfada, pero yo no puedo más.

—¿Y después?

—Salieron juntos, no sé adónde fueron, tal vez a una sala de juegos, al bar o a casa de Walid.

—¿Quién es Walid?

—Es... cómo se dice. Es el guarda de un edificio cerca del barrio de Sesto, un amigo de Mohamed.

Doni miró a Elena por encima del hombro de Yasmina.

—Tenemos que hablar con él —dijo.

—Yasmina ya lo ha intentado —dijo Elena.

—Solo para saber qué hacer —precisó Yasmina—. Mohamed solo hablaba con Jaled. A mí no me ha dicho nada. No es amigo mío, es amigo de Jaled.

—Debemos hablar con él —repitió Doni—. Es el único testigo fiable.

—Me imagino que no será fácil encontrarlo —dijo Elena.

—Intentaremos convencerlo. Necesitamos su número de teléfono.

—La culpa es de los peruanos —dijo Yasmina.
—¿Cómo?
—Siempre están borrachos. Es culpa suya. —Miró primero a Doni y luego a Elena—. No los soporto y Jaled tampoco los soportaba.
—¿Hay unos peruanos que tienen algo que ver con esta historia? —preguntó Doni.
—No lo sé.
—¿Puedes explicarte mejor?
—No lo sé, solo sé que los peruanos siempre están borrachos y siempre arman follón. Nosotros no bebemos.

Doni asintió con la cabeza e instintivamente tomó la otra mano de la muchacha entre las suyas: era pequeña y frágil.

Yasmina preguntó:
—Elena ha dicho que usted me ayudará y hará las cosas bien.
—Siempre procuro hacer las cosas bien —dijo Doni.
—Jaled se encuentra muy mal en la cárcel.
—Me lo imagino.
—No come, dice que le pegan y nadie lo ayuda. El otro día tenía un ojo así hinchado. —Levantó un puño delante de la cara de Doni—. Todo negro. No conoce a nadie. Si fuera culpable, conocería a alguien, ¿no?
—No se trata de eso —dijo Doni con un suspiro—, pero siento mucho que tu hermano esté tan mal.
—¡Es inocente! —imploró ella.

Doni no dijo nada.
—¡Es inocente! ¡Inocente!
—Cálmate, Yasmina —dijo Elena.
—Les juro que no estaba allí. ¡Ni siquiera tiene una

pistola! No ha tocado nunca una pistola, Jaled no sabe ni siquiera pelearse.

—Yasmina.

—Se lo ruego, hagan algo. Se lo ruego.

Empezó a llorar despacio. Doni se rascó la nariz y buscó a Elena con los ojos, pero ella había pasado un brazo por los hombros de la muchacha y estaba diciéndole algo en voz baja. Doni vio que dos señoras ancianas se habían parado a mirarlos en la grava del parquecito. Más allá, un hombre con un sombrero rojo los observaba, mientras fumaba un cigarrillo.

Al final, Yasmina se calmó.

—Señor —dijo—. Espero que libere a Jaled.

—Haré lo que pueda —respondió Doni.

—Llevo ya dos meses sola. No tengo nada. Ya no tengo dinero para el alquiler y vivo en casa de una amiga y solo Elena me ayuda, pero no es rica y no es justo. ¿Puede hacer algo por nosotros?

Doni cerró los párpados.

—Haré lo que pueda —repitió.

18

Doni y la periodista volvieron a Via Padova. Entretanto, la calle se había animado: peatones apresurados y bicicletas. Dos autobuses de la línea 56 se cruzaron y se saludaron tocando el claxon.

—Tenemos algo.
—Sí. No me esperaba que pudiera aparecer un detalle semejante.
—Ya le había dicho que la historia no era sencilla.
—No, no es sencilla —reconoció Doni.

Ella dio una patada a una piedrecita, que acabó contra los neumáticos de un auto aparcado.

—¿Qué opina del relato de Yasmina? El desembarco y demás.
—No opino nada. Hay miles de personas que han llegado a Italia así, y ya han tenido bastante suerte. Para enternecerme, veo una película, pero no me dejo enternecer.

Elena suspiró.

—Es usted lo que se dice duro, ¿eh?
—No. Solo que no me gustan las lágrimas y detesto esas historias. Ya he oído demasiadas.

—De acuerdo. Entonces, tal vez podríamos dar un salto hasta el lugar del delito.

—¿De qué me hablas? —dijo él sonriendo.

—Me refería a Via Esterle.

—¿Hay algo de particular que ver?

—No, pero pensaba que podría interesarle.

Doni se encogió de hombros.

—De acuerdo.

El lugar no quedaba lejos de donde se habían parado la primera vez, cuando Elena le había propuesto pasear con ella hasta Piazzale Loreto: una calle encajonada justo después del puente del ferrocarril. Por el lado izquierdo había un muro y por el derecho coches aparcados y edificios. La calle formaba de repente una curva al cabo de un centenar de metros, se ensanchaba en una pequeña explanada y después continuaba hacia una arteria mayor.

Elena se quedó en el comienzo de la calle, pero Doni no tenía gran cosa que indagar. Notaba que aún no se le había pasado la angustia de la reunión ni tampoco le resultaban claras sus consecuencias.

Avanzó automáticamente hacia delante y hacia atrás y después se internó por la curva de la calle. El muro estaba cubierto de carteles: actos, conciertos, bandas municipales. Por el otro lado, había algunas tiendas: una carnicería, un zapatero, un taller eléctrico de automóviles.

En la explanada había un coche aparcado y con el motor en marcha. Doni oyó música rap procedente de las ventanillas abiertas y percibió un ligero olor a marihuana. Dos muchachos estaban fumando en los asientos delanteros y uno de ellos lo vio por el retrovisor.

Doni continuó: había una cochera de autobuses de la ATM y al final un aparcamiento y un trecho de hierba en el que un hombre estaba sentado con una bolsita de plástico delante y mirando el tráfico.

Doni volvió atrás. En cierto momento, se vio reflejado en un escaparate —fotografiado con el gesto de poner un pie por delante del otro— y al final tuvo la sensación de que algo se rompía. «¿Soy yo? ¿De verdad soy yo?» Intentó calmarse. Iba a acabar aquella vuelta y con ella toda la farsa.

Dio algunos pasos más: botellas de Heineken tiradas por el suelo, papeluchos. Un tren pasó pitando a poca distancia, como si viajara sobre los techos de los edificios. Era enteramente la equilibrada desolación de los arrabales.

Cuando se sintió bastante ridículo, volvió atrás. Elena estaba hablando por teléfono, pero cortó en cuanto él se le acercó.

—¿Le apetece una cerveza? —dijo, mientras guardaba el teléfono móvil en la bolsa.

—¿Una cerveza? —preguntó Doni.

—Sí. Podemos ir ahí, al club de petanca.

Indicó un edificio a sus espaldas. Delante había una gasolinera y en la explanada un coche repleto de sudamericanos. En el capot un viejo estéreo de los años ochenta emitía música *dance*. Un hombre regordete y con una gorra de béisbol y la camiseta ajustada en el vientre estaba bailando junto a la ventanilla. Detrás se abría un espacio que Doni apenas vislumbraba y no había advertido: unas mesitas de plástico y de hierro forjado, un trecho de cemento y un cobertizo bajo el cual fumaban unos jubilados.

Las palabras salieron solas, al contrario exactamente que los pensamientos.

—De acuerdo —dijo—. Vamos a tomar esa cerveza.

19

La tarde estaba refrescando y Doni prefirió entrar, en lugar de sentarse fuera. El interior del local parecía transplantado a la fuerza desde los años cincuenta: una sala enorme llena de mesas de fórmica, un televisor, dos mesas de billar y a la izquierda una barra de metal. La clientela estaba compuesta casi únicamente de ancianos. Un camarero bajo y flaco pasó por delante de ellos con una bandeja en la mano.

Doni y Elena se sentaron cerca de los billares y pidieron dos cervezas.

—¡Qué local! —dijo él.

—¿Le gusta?

—Me recuerda a cuando, de niño, pasaba los veranos en casa de mi tío en el campo.

Elena miró en derredor con una sonrisa.

—Al menos es diferente de todos esos sitios de imbéciles, típicos de Milán.

—¿Vienes a menudo?

—A veces, con mi compañera de piso y sus amigos.

—No es un lugar muy juvenil.

—Yo no soy juvenil. Al fin y al cabo, soy sobre todo

una periodista, en la miseria, pero, aun así, periodista, y aquí pasan muchas cosas.

Llegaron las cervezas. Los vasos estaban empañados y sin apenas espuma en la superficie. Elena miró a Doni de arriba abajo, mientras pasaba un dedo a lo largo del vaso.

—¿Había oído usted relatos semejantes de viva voz? —preguntó.

—¿Cuáles?

—Como el de Jaled.

—Desde luego, pero con términos más formales.

—¿Y ha tenido que ocuparse de muchos casos con inmigrantes?

—Algunos.

—Pero no conocía bien los detalles de sus vidas, los problemas de la inmigración, etcétera.

Doni se pasó una mano por la mejilla derecha, perplejo.

—No soy un especialista, si te refieres a eso.

Elena bajó la vista, como si se preparara para lanzar un directo.

—Entonces los juzgaba sin conocer el panorama general, podríamos decir, sin saber bien cómo vivían, dónde vivían y demás...

Doni dio un golpe con una mano en la mesa.

—No —dijo de improviso. Alguien del local se volvió a mirarlos—. No —prosiguió él con voz más baja—. No acepto esos argumentos. Sé adónde quieres llegar y creo habértelo explicado ya. Yo no juzgo sus vidas. No los juzgo *a ellos*. Juzgo solo determinadas acciones suyas, ya sean tunecinos, italianos o suizos. Perdona que te diga, pero tu postura es la de los comunistas.

Elena le hizo una señal para que se calmara, cosa que lo irritó aún más: era exactamente el mismo gesto que hacía Claudia cuando cenaban en casa de amigos y él se lanzaba como una fiera en una discusión, con esas formas suyas *totalmente fuera de lugar*, según ella: abría las manos y las bajaba dos o tres veces con las palmas abiertas.

—Sé de sobra que usted se limita a juzgar los hechos —dijo Elena—. No me refería a eso.

—Pero lo has dicho.

—Bueno, lo siento. Me he equivocado.

—¿A qué te referías entonces?

Elena resopló.

—A nada, a que las cosas son más complejas de lo que parecen: solo eso.

Permanecieron callados un rato.

—Siento que se haya irritado —dijo Elena.

—No me he irritado. Solo que no tolero ciertas afirmaciones.

—Tiene razón.

—El caso es que —dijo Doni cambiando de conversación— si no tenemos forma de hablar con Mohamed, estamos en el mismo sitio.

—Sí.

—La historia de Yasmina es terrible, pero no sirve para nada. Lo que nos interesa es saber dónde se encontraba Jaled aquella noche.

—Solo puede saberlo Mohamed.

Doni asintió con la cabeza.

—Podría usted hacer algo para asegurarle una protección —dijo Elena—, pero algo serio: un traslado o qué sé yo.

—No puedo hacer nada de eso.
—¿Entonces?
Doni tomó un sorbo de cerveza y se quedó pensando unos instantes.
—Ante todo, intentaré informarme sobre las condiciones de Jaled en la cárcel. Allí actúan un poco por su cuenta, pero puedo averiguar si lo maltratan, como dice su hermana. Por lo que se refiere al caso en sí, no hay, por desgracia, gran cosa que hacer. Si Mohamed no quiere hablar, no podemos obligarlo. Además, no tenemos la menor seguridad de que tenga que ver con esta historia. La hermana podría haberse equivocado o incluso podría haber sido el propio Mohamed quien metiera a Jaled en este lío.
—Me parece inverosímil.
—Hay que examinar todas las hipótesis y no tenemos nada en que basarnos.
—¿Entonces? —repitió ella.
—Pues que la cosa acaba aquí, me imagino.
Ella puso una mueca. Doni se sintió libre; la historia había llegado a su conclusión: unos días de poesía y una aventura en nombre de los viejos tiempos. Al fin y al cabo, había salido bien librado.
De repente, todo el local le pareció aún más cómodo: un lugar al que habría podido ir con Colnaghi muchos años antes: un episodio que podía corresponder perfectamente a su pasado, resuelto con prontitud y sin dejar manchas.
—Supongamos que hubiera sucedido todo como dice la hermana —insistió Elena—. Según usted, ¿por qué Jaled nunca citó a Mohamed?
—Para protegerlo, pero lo que hay que preguntarse es: ¿para protegerlo de qué?

—Exacto. ¿Entonces? —preguntó una vez más Elena.
—Pues nada, repito.
—Pero es que tenemos un indicio importante. Sabemos que Jaled se guardó un detalle.
—Aún no sabemos si es importante ni si de verdad lo hizo. Solo hay un testimonio parcial.
—Podemos decir a su abogado que le pregunte algo al respecto, aunque Yasmina no quiera.
—Si no ha dicho nada hasta ahora, no dirá nada.
—¿Y entonces se dejará condenar, aunque sea inocente? Pero, ¡es que es absurdo!
—Elena, por última vez. No sabemos si es inocente. Recuerda mi lema: excepciones siempre, errores nunca.
—Pero, si lo fuera...
—Si lo fuera, la respuesta es que sí. Se dejará condenar, de todos modos.
Elena apretó el vaso.
—¿Y le parece justo?
—No me corresponde a mí decirlo. Si la situación es esa, si Jaled considera que debe callar, sus razones tendrá.
—Pero, ¿cree usted de verdad en la Justicia?
Doni entornó los ojos, sorprendido.
—Pues claro. ¡Vaya pregunta!
—Es una pregunta. ¿Tiene sentido administrar la justicia cuando sus fundamentos son erróneos? ¿Tiene sentido cumplir con el deber cuando solo es un deber puramente formal? ¿Cuando existe el riesgo concreto de que un hombre, solo por defender a un amigo, se deje señalar como un monstruo? Eso no lo comprendo. Usted me habla de las reglas y tiene razón, pero las reglas no son todo y no defienden toda la vida, sino solo una parte.

¿Tiene sentido cerrar las barreras a millones de personas para estar tranquilos? Lo único que hacemos es defender nuestros privilegios y después decimos que así es la vida y la única diferencia es la de haber nacido en una parte del planeta o en otra o acabar acusado por una pija milanesa que ni siquiera está segura de quién disparó, pero debe hacerlo, porque hay que castigar a alguien y un marroquí vale tanto como otro, ¿no?

Doni movió la cabeza y levantó una mano.

—No vuelvas a empezar y no lo confundas. Ante todo, abrir las barreras sin discriminaciones sería empeorar la vida de todos, la nuestra y la suya. Europa no tiene forma de acoger a todas esas personas decentemente: no hay espacio, no hay trabajo, no hay casas.

—Entonces, ¿es mejor dejarlos morir donde están?

—No he dicho eso.

—Pero, ¡eso es lo que se desprende directamente!

Doni la miró.

—¿Qué zapatos llevas?

—¿Cómo?

—Te he preguntado qué zapatos llevas.

Elena bajó la cabeza y miró bajo la mesa.

—Unas All Star.

—All Star. Ahora bien, yo no entiendo, pero, ¿estás segura de que se han fabricado esos zapatos sin violar los derechos de alguien? ¿Estás segura de que la empresa productora no emplea también a niños y de si, al venderlos a determinado precio, redistribuye equitativamente los beneficios con sueldos adecuados?

—Sí, ya sé adónde quiere llegar usted.

—Si no tienes respuestas para esas preguntas, no puedes criticar el sistema. Quien vive dentro de él debe combatirlo conforme a las reglas y punto. De lo contrario, de ahí a hacer saltar por los aires un MacDonald's en nombre de la guerra santa contra los malos del sistema solo hay un paso. —Enseñó los dientes y apretó el vaso semivacío—. Yo perdí a un amigo por culpa de gente así, Elena, un magistrado como yo, mejor que yo, una persona maravillosa. Un buen día, lo pararon en la calle y le dispararon tres balas en el estómago. Habían concluido que también él formaba parte del sistema y que este estaba equivocado y se acabó: pensaban que eran revolucionarios al servicio de los pobres y, sin embargo, eran solo bestias. Es lo único que me enseñó el terrorismo: a nunca, nunca creerse superior a las leyes que se nos han consignado.

Permanecieron un poco sin decir nada, absortos los dos en sus pensamientos. En el televisor había un partido de fútbol inglés. Dos viejos miraban la pantalla con la vista hacia arriba y la boca abierta. Elena propuso que pidieran otras dos cervezas. Doni dijo que sí: eran buenas y estaban frescas y quería quitarse de encima el recuerdo de Colnaghi, surgido de pronto y demasiado violento.

—Pero, a ver, ¿tú solo te ocupas de estas cosas? —le preguntó.

—¿En qué sentido?

—De lo que escribes. He visto en la web algunas crónicas.

—Sí, crónicas locales, inmigración, crónica negra; entrevistas a la gente por la calle, que te explica que todo se hunde y los políticos son todos iguales: cosas así. —Echó un vistazo a la pantalla del teléfono móvil—. En realidad, hago un poco de todo. Aparte de librera a tiempo parcial, hago también trabajos como negra de supuestos escritores y similares. A veces se trata de cosas ridículas, como escribir un artículo que firmará un tipo que llegará a ser periodista o, qué sé yo, llevar en un *free-press* la sección de un cantante que ni siquiera sabe escribir su nombre.

—Pero eso es ilegal.

—¿De verdad? —dijo ella riendo.

Doni movió la cabeza.

—¿Te pagan bien, al menos?

—Una miseria.

—Pero entonces, ¿por qué lo haces?

Elena se pasó una mano por el pelo.

—Porque es lo que sé hacer mejor, supongo, y porque hay que tomar lo que llega y, además, espero que abra alguna puerta. En realidad, no me hago ilusiones. Ya tengo más de treinta años y no he logrado gran cosa, por lo que me he fijado un límite. Dentro de un año como máximo, lo dejo.

—¿Y qué harás?

—¡Quién sabe! —Llegaron las nuevas cervezas. Elena se apresuró a echar un trago—. A veces intento imaginar mi futuro sin la palabra escrita, pero me resulta difícil. Ahora ya no es solo una cuestión de profesión o de pasión, como se suele decir... Es una cuestión existencial. Siempre he querido ser periodista, porque siempre he creído que la palabra puede reflejar la realidad. Por cada palabra desviada que se dice, por cada palabra falsa, mendaz, publicitaria, mala, hay una palabra buena por descubrir, la que cuenta las cosas como son. Eso es todo.

—Sí —dijo Doni.

—Seguiré de librera, si siguen necesitándome. Vender libros me gusta.

—Es un trabajo precioso.

—No, es un trabajo que te destroza la espalda y cada vez se parece más a una cadena de montaje y los clientes dan asco. Trabajo en tres turnos y, cuando me toca el último, acabo a medianoche y vuelvo a casa en bici, incluso cuando llueve, y una vez un par de tipejos intentaron atracarme, pero tiene cosas buenas y, en cualquier caso, me gusta.

Doni alzó los brazos.

—No digo nada más —dijo sonriendo.

También Elena sonrió.

En aquel momento, el dueño del club de petanca se acercó con una bandeja de madera, en la que había cinco lonchas de jamón crudo y un pedazo de queso.

—Regalo de la casa —dijo—, muy, muy fresco.

—Oh, muchas gracias —dijo Elena.

—Así me dirán qué tal está.

Doni cogió con los dedos un pedazo de jamón y se lo llevó a la boca, que reaccionó con el gusto salado, suave, y se arrellanó un instante en la silla. Notó que estaba sereno. No tenía motivo alguno para estarlo y, sin embargo, se sentía bien.

Levantó la vista y se fijó en un reloj de pared. Cogió el móvil, que había tenido apagado durante la conversación con Yasmina, lo encendió y un mensaje le comunicó dos llamadas perdidas de Claudia.

—Vuelvo en seguida —dijo.

Salió afuera y la llamó.

—Dígame —dijo ella.

—Claudia.

—¿Dónde demonios te has metido?
—Estoy... fuera con un amigo.
—¿Con un amigo? ¿Y quién es?
—Un colega: Salvatori.
—¿Estás en un bar con Salvatori?
—Sí.
—Pero, ¿estás borracho?
—¡No! ¡Qué dices!
—Tienes una voz extraña.
—Solo estoy un poco cansado.
—Vaya —dijo ella—. ¿Por qué no me has avisado?
—Tienes razón. Discúlpame, se me ha olvidado.
—Podías haberme dicho que no volvías a cenar. Estaba preocupada, seguía llamándote, pero no tenías cobertura. Siempre te digo que no apagues el móvil.
—No sé cómo ha sido, Claudia. Debo de haberlo apagado a la salida del trabajo y no me he acordado de volver a encenderlo.

Su mujer guardó silencio, hubo una breve interferencia en la línea.

—Vale —concluyó.
—Lo siento, de verdad.
—Sí. Oye, ¿a qué hora vuelves entonces?

Se miró la muñeca, pero se dio cuenta de que había dejado el reloj en casa... para no llamar la atención, pensaba.

—Media hora, me parece. El tiempo de llegar.
—Pero, ¿dónde estás?
—Por la parte de Piazzale Loreto.
—¿Loreto? Pero, ¿dónde es eso?
—Cerca de donde vive Salvatori.
—De acuerdo —volvió a decir ella.

—Nos vemos dentro de poco.
Claudia colgó.

—Quizá sea mejor que me vaya a casa —dijo Doni, al volver a la mesa.
—¿Tiene problemas?
—Se me ha olvidado avisar a mi mujer.
—Ah.
—No tiene importancia.
—Tal vez haya pensado mal —dijo ella riendo.
—¡A mi edad!
—¿Por qué? ¿Qué tiene de malo?
—Nada —dijo él, cohibido—, pero... no, no ha pensado mal. Estaba solo enfadada porque no la he avisado.
—Comprendo. Salgamos, pues.
Salieron y bajaron por Via Padova. Aquella vez, la calle estaba desierta, aparte de algún muchacho que caminaba rápido en dirección opuesta. Al llegar a la rotonda, Elena cruzó la mirada con un tipo en la esquina, un bangladeshí.
—Un momento —dijo—. Había olvidado que debía comprar dos botellas para mi compañera de piso.
Mientras se acercaban, saludó al hombre.
—¿Qué quieres? —preguntó él.
—Un par de Moretti.
El tipo miró a Doni, que bajó la vista.
—Vale —dijo. Dio un golpe en el cierre, esperó un instante y después lo abrió un poco.
—Entra.
La muchacha inclinó la cabeza y entró. Doni la siguió. Dentro, la tienda estaba iluminada como en horario de

apertura y el encargado, otro bangladeshí, más grueso y con poco pelo en la cabeza, estaba sentado tras el mostrador con cara de aburrimiento. En un rincón, un tipo con barba blanca, de la edad, más o menos, de Doni, bebía en un vaso de plástico. Elena compró las cervezas, pagó y salieron. El hombre de fuera bajó el cierre con un golpe seco, sin dejar de mirar en derredor.

—¿A qué se debe toda esta escena? —preguntó Doni, mientras continuaban hacia Piazzale Loreto.

—No pueden tener abierto a esta hora. Ordenanzas municipales.

—Claro.

—Conque actúan así.

Doni asintió con la cabeza.

—Bienvenido de nuevo a Via Padova, señor magistrado —dijo riendo Elena, al tiempo que levantaba la bolsa en el aire a modo de brindis. También Doni se rió.

—Perderá el metro —dijo después la periodista.

—Sí, ya me voy.

—Entonces volveremos a llamarnos.

Doni se apretó la raíz de la nariz con el índice y el pulgar. Después mostró una sonrisa cansada.

—Creo que ya hemos acabado, Elena.

—Si logro convencer a Mohamed, lo telefoneo. Yasmina me dará su número y probaré a llamarlo, aunque deba permanecer despierta toda la noche.

—No te metas en líos, por favor.

—No se preocupe.

—Sí que me preocupo, precisamente porque, aunque no te lo parezca, conozco bien estos ambientes y a las personas que tienen esa clase de problemas.

Ella asintió con la cabeza.

—De acuerdo —dijo.

Doni levantó la mano, se volvió y dio unos pasos. Después se volvió de nuevo.

—Una última cosa. ¿Por qué te has tomado tan a pecho lo de Jaled y Yasmina? ¿Y por qué estás convencida de que él es inocente?

—Ya me lo preguntó usted la primera vez que nos vimos.

—Entonces eso quiere decir que la respuesta no me bastó.

Ella esperó un instante. Cerró los ojos, respiró y volvió a abrirlos.

—Podría decirle tantas cosas o tal vez pueda decirle solo esto: alguien deberá creer en su inocencia, ¿no?

Doni asintió con la cabeza. Después volvió a hacerlo.

—Buenas noches, Elena —dijo.

—Buenas noches, señor magistrado.

Hola, Elisa:

¿Cómo estás?

Aquí, en Milán nada de particular o, mejor dicho, las pocas cosas habituales que te alegrará haber abandonado. La única nota positiva es la de que hace un sol esplendoroso. Es una de las primaveras más suaves que recuerdo, pero no creo que dure.

He discutido un poco con tu madre, porque salí con un colega y no se lo dije, pero creo que se le pasará pronto. Ya sabes cómo es.

Ayer llegó un libro sobre La Tour, que encargué a bookdepository.com. Lo conocerás, es una librería *on line* en lengua inglesa (con envíos gratuitos a todo el mundo). Pues sí, me estoy lanzando a las compras *on line*: una locura a mi edad. El caso es que el libro es muy hermoso y las fotografías son sensacionales. He descubierto dos cuadros que no conocía y estoy pensando en encargar otra reproducción para colgarla en mi despacho.

¿Y tú? ¿Has empezado a trabajar en el nuevo proyecto? Y el profesor, ¿qué tal es? ¿Y qué tal está Sarah? De vez en cuando me imagino cómo será vivir en un campus como ese. Cuando fuimos a verte, el año pasado (aunque tú no querías: no lo niegues), tuve la impresión de una gran serenidad. Me parecieron todos en verdad muy tranquilos, muy felices, como si el futuro estuviera al alcance de la mano.

Puede que sea una simplificación y tal vez fuese solo la atmósfera universitaria, pero me pareció estupendo. Tú de vez en cuando te quejas de que fuera del campus no hay nada y es como vivir en una burbuja, pero no es que aquí sea mucho mejor. Tal vez en una gran ciudad americana sea diferente, no lo sé. En cualquier caso, espero que estés feliz y que te vaya bien.

A propósito, hay una cosa sobre la que me gustaría que me dieras tu opinión.

Mi viejo maestro de la universidad (en estos días, pienso con frecuencia en él, se llama Cottaneo, no recuerdo si te he hablado alguna vez de él) decía siempre que es mejor un posible culpable libre que un posible inocente en la cárcel. Estoy de acuerdo, aunque pueda parecer contradictorio: ¿acaso un posible culpable y un posible inocente no son la misma cosa?

Pero tú, un día, me explicaste que el mundo no funciona en blanco y negro. Me dijiste que las partículas pueden ser blancas y negras a un tiempo y que no se pueden determinar sus estados de forma unívoca o clara. No sé si me he explicado bien, como debería (seguramente no, la experta en física cuántica eres tú), pero es una verdad que cada vez me parece más cercana al mundo cotidiano.

¿Qué opinas?

Te mando un fuerte abrazo, hija mía. Me alegró mucho oírte por teléfono el otro día, aunque durara poco.

Espero volver a verte pronto.

Papá

21

—Y ahora —dijo el viejo— quisiera pedir a todos un momento de atención. ¿Me han oído? ¿Señores? ¡Un momento de atención, por favor!

Paoli, el fiscal general, estaba de pie y miraba en derredor con una sonrisa. Empezó a dar golpecitos con el tenedor en el vaso y entonces los magistrados levantaron las cabezas de los platos. Recalcati, en la otra parte de la mesa, hizo un gesto de entendimiento a Doni.

Todos los años, desde que era el jefe, Paoli reservaba una mesa en aquella *trattoria* del bajo Pavese. En su opinión, servía para cimentar el grupo.

—Ante todo, gracias por haber venido —dijo Paoli—. Como saben, aprecio mucho nuestra cena. No soy un gran orador, por lo que me limitaré a decirles que también este año estamos trabajando bien, pese a los miles de palos que el Gobierno, entre otros, nos pone entre las ruedas, pero, por cortesía, no digo más, antes de que me interrumpan y me tachen de loco comunista. —Algunos fingieron reírse por pura piedad—. Sin embargo, no es de eso de lo que quiero hablarles. Ya lo hacemos demasiado, todos los días. Hoy quiero presentarles a mi nieto

Davide, un gozo que me parece bonito compartir con ustedes.

En el patio del restaurante, hubo un instante de silencio y todos se dieron cuenta de quién era aquel muchacho con síndrome de Down que estaba sentado junto al fiscal general. El nieto se levantó. Tenía los ojos entornados, la cara chata con una mueca inexpresiva y pelo ralo y rubio, que le recaía sobre la frente.

Davide había sido tratado en una clínica famosa, en Francia, gracias a unos conocidos de su abuelo. Su lema —contó con entusiasmo— era «Más normales que los considerados normales». Garantizaban una recuperación de las capacidades comunicativas e intelectivas equivalente al noventa por ciento: «Su muchacho», citaba Paoli, «podrá tener una vida feliz».

Como testimonio de los resultados obtenidos, habían enseñado a Davide varios chistes sobre minusválidos. Ese era el punto final, la guinda. «Quien se ríe de sus problemas ya los ha dejado atrás», insistían en la clínica.

En aquel momento, el jefe puso una mano en el hombro de su nieto y lo invitó a hablar. Davide Paoli se limpió la barbilla con la punta de la servilleta y con una voz de lo más seria comenzó:

—En una clínica hay tres minusválidos. El doctor decide ponerlos a prueba para ver si están curados. Los coloca en tres habitaciones separadas y entrega un conejo a cada uno, para ver cómo lo tratan...

El silencio se hizo sepulcral, ni una sola tos. Doni alzó la vista hacia el trecho de campo que se abría allende la enramada. «No estoy aquí», pensó. «Esto no está sucediendo de verdad.»

Cuando acabó el chiste, Paoli soltó una carcajada. Su

nieto se sentó y volvió a cortar la carne con el máximo donaire. Alguien soltó una risita de circunstancias. Dellera aplaudió. Recalcati cruzó la mirada con Doni y fue como mirarse en un espejo.

La sustituta de Paoli, una friulana de nariz aquilina que había colaborado también con Colnaghi, en la época del terrorismo, apagó el cigarrillo en la hierba y murmuró: «*A le làt vie di châv*».*

Cuando sirvieron el café, los comensales habían empezado a mezclarse. Algunos magistrados, en mangas de camisa, estaban en cuclillas entre dos sillas. Otros caminaban por el prado de delante del restaurante y alguno miraba el estanque de cemento en el que nadaba un banco de truchas. La tarde estaba refrescando. Un automóvil rojo corría por la desierta carretera provincial, en el liso y humoso horizonte de la llanura.

Dellera se acercó a Doni, con un palillo entre los dientes y una copa de *grappa* en la mano.

—Hay tres magistrados en el tribunal, pero hay que ver si están curados —dijo.

—¡Dios mío!

—¡Qué absurdo! ¿Verdad?

—No tengo palabras.

—¿Quién iba a esperárselo de Paoli? —Echó un trago de *grappa*. El olor era tan fuerte, que llegó incluso hasta la nariz de Doni—. Estamos perdiendo la chaveta todos.

—Más o menos.

—¡Qué vida debe de haber tenido el pobre chico!

---

* «Está como una cabra», en dialecto lombardo.

—Muy mala, me imagino.

—Pero hay que reconocer que ahora parece bastante normal.

Miraron juntos al muchacho, que se movía con soltura y esbozaba una sonrisa a los amigos de su abuelo. La cara no expresaba sensaciones particulares: ni siquiera la idea de incomodidad, de soledad alguna. El defecto de nacimiento había quedado borrado desde dentro y los rasgos del cuerpo permanecían como una condena inútil.

—Si me sucediera a mí, me mataría —dijo Dellera.

—Dios mío, qué cínico eres.

—Pues será que no estoy hecho para ser padre. —Echó otro trago y prosiguió—: A propósito, ¿cómo va la apelación de aquel tipo?

—¿Cuál? —preguntó Doni.

—El tío carnal violador.

—Ah, bien, es decir, que estamos trabajando al respecto.

—Dios mío, si hay algo que no consigo tratar con distanciamiento son los pedófilos.

—Sí, es tremendo.

—¿Y el resto?

—Avanzamos —dijo Doni, al tiempo que se apartaba con dos pasos—. Perdona, pero tengo ganas de estar solo un rato.

—¿Tienes problemas?

—No. Es simple hastío de vivir.

—El viejo Doni de siempre —dijo Dellera, al tiempo que levantaba el vaso—. ¡Salud!

Se dirigió por el prado hacia la parte opuesta para alejarse de un grupito. Miró los campos perderse en lontananza y las manchas que surgían aquí y allá, como trozos de témpera verde. Había pedido un puro a un colega y estaba fumándolo en silencio. En todas las comidas pedía un cigarrillo o un puro a alguien y fumaba. No le daba un placer particular, pero lo que lo atraía era la estética del gesto, la situación.

En cierto momento, sintió una mano que le apretaba con fuerza el brazo izquierdo. Se volvió: era Paoli.

—¿Qué, Doni? ¿Cómo andamos? —preguntó.

—Todo bien —dijo.

—¿Has comido bien?

—Como siempre.

—Cocina robusta, pero buena, ¿eh? De mi tierra, piacentina.

—Sí, debo decir que no estoy acostumbrado.

Paoli le traspasó el pecho con un dedo:

—No me extraña, mira qué delgado estás. —Después soltó una carcajada y añadió—: Ah, no olvides la conferencia en Roma.

—¿Cómo? —preguntó él.

—La conferencia. No me digas que la has olvidado.

Doni recordó el compromiso.

—No, Excelencia, tranquilo: el jueves próximo.

—Exacto. Mira que lo consideran muy importante.

—Sí, ya he pedido en la secretaría que me reserven el vuelo. —No era cierto—. Y también el hotel. —Tampoco eso era cierto. Tomó nota mentalmente para hacerlo.

—Muy bien. —Le sonrió—. ¿Sigues tan afectado por lo de la fiscalía de Varese?

—¡Qué va! Figúrate. Al final, tal vez sea mejor así, no me habría encontrado demasiado bien entre aquellos partidarios de la Liga del Norte.

—En efecto. Y mira que la próxima vez te toca a ti, ¿eh?

Doni se encogió de hombros y sonrió.

—Siempre has sido uno de los mejores, aquí, con nosotros.

—Gracias, Excelencia. Simplemente procuro hacer las cosas bien.

—Muy bien. Tú eres sereno y tranquilo, y ya verás como acabarás librándote de este valle de lágrimas.

Doni asintió con la cabeza. Paoli le puso una mano en el hombro y miró hacia la mesa.

—Entonces, ¿qué te parece mi nieto? —preguntó.

—Estupendo, lo que se dice estupendo.

—¿Verdad? Estoy muy orgulloso de él.

—Sí, es increíble.

—Tendrías que ver los progresos que ha hecho en el último año. Me alegro de haberlo traído aquí. Ni siquiera ha armado un lío en la mesa. Antes era un desastre. —Asintió para sí—. Esa clínica cuesta un riñón, pero hay que reconocer que son muy buenos. Ahora está listo para volver a la sociedad.

Doni miró a aquel hombre bajo, regordete y calvo. Era un fiscal general excelente, una persona de gran valor e inteligencia. Entonces, ¿por qué ponía en ridículo a su nieto de aquel modo, delante de sus colegas? ¿No se daba cuenta de lo lastimoso que resultaba?

Pero tal vez —reflexionó Doni— fuera ese el precio del poder: todos los hombres con responsabilidades deben ocultar un punto débil... un rinconcito de su corazón en el que el mundo puede alcanzarlos y volverlos triviales.

Cualquier forma de amor, incluso la más previsible, cualquier forma de fragilidad.

Claudia había estado de morros unos días, después de la tarde del club de petanca, pero, cuando su amiga Livia, profesora de Lenguas en la Universidad Estatal, la informó de una fiesta en su casa, su humor cambió de improviso.

Con cierto asombro, también Doni se dio cuenta de que tenía ganas de salir. La palabra *fiesta* se formó en su conciencia y permaneció en ella flotando.

Cogieron el coche y Claudia se empeñó en conducir. La casa de Livia tenía cuatro habitaciones y se encontraba detrás de la plaza Mentana, a dos pasos de Via Torino. Mientras subían la escalera (Claudia no soportaba los ascensores), ella se ajustó un zapato, apoyada en la barandilla con la mano derecha.

En casa de Livia había unas quince personas, más que nada amigos comunes, que se veían de vez en cuando y que Doni conocía solo en parte y casi solo de vista. Ninguno de ellos le resultaba particularmente simpático, pero lo que los unía —y que también Doni captaba en el aire, como una nota o un perfume— era la convergencia de los mismos deseos o, mejor dicho, de la misma idea de felicidad.

Eran conservadores, pero no demasiado; rígidos, pero no demasiado; capaces de bromear incluso con chistes malos... pero no demasiado; formalmente simpáticos, padres excelentes, tendencialmente de derechas, pero no berlusconianos; algún exsesentayochista apenas tolerado; esposas monas y elegantes, maridos un poco pasados, el físico sano de quien no ha tenido que afrontar grandes batallas; segundas y terceras residencias en lugares selectos para pasar vacaciones bien elegidas: los Dolomitas fuera de temporada o el mar Jónico lejos de los grandes centros de turismo; pocos cigarrillos y a veces pipas; pantalones claros y mocasines en verano; recordar, citando a Tabucci, un vaso de oporto bebido en Lisboa delante del océano.

No era difícil. Bastaba con tener dinero.

Claudia recibió un abrazo de Livia y desapareció en un corrillo de mujeres con falda y camiseta. Doni cogió un vaso de vino espumoso y echó un vistazo a la calle desde la ventana. El pavimento de la calle estaba desierto y el edificio de enfrente, tan cercano, que habría bastado con alargar una mano para rozar el alféizar, tenía apagadas todas las luces de las ventanas.

—Roberto —dijo una voz detrás de él.

Doni se volvió. Era Nussbaum, un anciano judío de unos setenta años, de origen andaluz y dueño de una de las librerías más antiguas del centro. Se habían visto solo un par de veces, pero Doni había conservado un buen recuerdo de él. Era inteligente y tenía un apellido bellísimo. Además, hablaba —combinación irresistible— con un ligero acento español: nada vulgar ni salmodiado, una delicia, lo suficiente para hacerse notar.

A Doni aquel detalle le recordaba una anécdota. Cuando era niño, todos los domingos los visitaba un periodista alemán al que su padre había conocido en la campaña de Rusia (había sido uno de los últimos en ir y uno de los pocos que volvió vivo, por diversas circunstancias favorables, viajes en tren escondido en un baúl, amigos dispuestos a salvarlo y demás). Más adelante supo que había sido novio de su tía.

El niño Doni le escuchaba contar historias aburridísimas de corresponsal en Italia —era difícil imaginar una persona más aburrida—, pero todas las veces lo mantenía arrobado aquel acento. La boca de aquel teutón mezclaba opiniones sobre la situación internacional, cotilleos sobre la Democracia Cristiana, recuerdos insulsos de su adolescencia bávara, pero lo que Doni percibía en realidad era tan solo el sonido consonántico de la voz. Le hablaba de muchas cosas, muchas historias más bellas y lejanas.

—¿Cómo está? —dijo Doni. No recordaba el nombre de Nussbaum.

—Vamos tirando. La librería me cansa un poco, estoy casi pensando en cerrarla.

—No me diga. Lo siento.

—Es que, ¿qué quiere que le diga?, ahora el libro se ha quedado anticuado y, además, es que estoy harto: soy más una caricatura que un comerciante; la gente viene a ver el local, lo hermoso y elegante que es, y a dar una vuelta por la zona del anticuariado, pero no compra nada. Imagínese que me han pedido incluso permiso para fotografiarme. Al parecer, soy el librero más viejo de Milán. Tiene gracia, ¿verdad? Y usted, ¿qué tal?

—Vamos tirando.

Nussbaum soltó una carcajada.

—Siempre una respuesta excelente —dijo—. A ver, si no recuerdo mal, usted siente pasión por Georges La Tour, ¿verdad?

Doni alzó las cejas.

—En efecto —dijo—. No recordaba haberle hablado de eso.

—Un librero debe tener una memoria excelente; si no, ¿qué haría? Venga a verme un día de estos. Le enseñaré un par de volúmenes sobre su pintor preferido; buen material, no las porquerías que se encuentran por ahí.

—No faltaré.

—Muy bien. ¿Y todo lo demás? ¿Ha pensado ya adónde ir de vacaciones? Ya casi es verano.

—La verdad es que no. Me imagino que Claudia querrá ir a ver a nuestra hija a Estados Unidos. Es investigadora allí.

—¿Dónde, si me permite la pregunta?

—En Bloomington.

—Ah, sí, en Indiana. Estuve allí en una ocasión.

—¿De verdad?

—Sí, media jornada. Un aburrido viaje de trabajo, en los buenos tiempos en que aún viajaba. —Tomó un sorbo de espumoso—. Convenza a su mujer para dar una vuelta por el norte de California si van a Estados Unidos. Lo dejará sin respiración. Puedo aconsejarle lugares estupendos.

—Se lo agradezco, lo probaré.

—¿Y qué más? —repitió—. Sigue siendo magistrado en esta ciudad, me imagino.

Un tipo más joven, con grandes gafas de montura negra, se destacó del grupo contiguo y dio una palmada en el hombro a Doni.

—¡Ya lo creo! —gritó—. ¡Ya lo creo que es magistrado en esta ciudad, nuestro amigo! —El tipo asintió con la cabeza mirando a Nussbaum y Doni. Sonrieron cohibidos y después él levantó una mano y se mezcló con otro grupo.

—¿Quién es? —preguntó el hebreo.

—No tengo ni idea.

Nussbaum volvió a reírse. Tenía una risa límpida, de niño.

—Bueno, volviendo a nosotros...

—Lamentablemente, no tengo gran cosa que decir —dijo Doni levantando los brazos.

—¿Ningún caso interesante?

—Es un oficio más aburrido de lo que se cree.

—Ah, no me cabe duda. No me cabe duda. —Hizo una pausa—. ¿Le he contado alguna vez la visita de Montanelli a mi librería?

—Creo que no.

Nussbaum preparó la anécdota —debía de ser clásica en su repertorio— con una sonrisa cómplice y la voz un tercio más baja.

—Fue a mediados de los ochenta, un viernes de agosto. Entonces la ciudad estaba lo que se dice desierta, ya sabe, todo el mundo yéndose, y también yo estaba apunto de cerrar la tienda. Era el último día antes de las vacaciones. En resumen, que estaba bajando el cierre, cuando vi delante a Montanelli levantar una mano y decir: «¡Un momento! ¿Qué hace usted? ¿Baja el cierre delante de Montanelli?». Fingí no reconocerlo, por decencia, pero le hice pasar. Se apresuró a ir al grano y me preguntó si tenía la primera edición de los *Ossi di seppia* de Montale... la de 1925, publicada por Gobetti. Como sabrá usted, es una golosina que buscan muchos y a mí me han llegado tres o cuatro ejemplares.

»El caso es que en aquel momento la tenía y, además, quería guardármela para mí, pero, ¿qué podía hacer? ¿Mentir a Montanelli? Conque la saqué y se la enseñé. La cogió en las manos con cuidado, era un entendido, eso sí, la examinó, la miró por todos lados, la olió y al final dijo: "Es esta, es esta". Y yo asentí y dije: "Claro que lo es", y pensé: "¡Hay que ver! ¡Aún lo dudaba!". Entonces Montanelli me preguntó: "¿Cuánto pide?". Yo disparé la cifra. Él apretó los labios, se quedó mirándome y dijo: "Pero, ¿está usted loco?" "¡Qué voy a estar loco! No va usted a encontrar fácilmente los *Ossi de seppia* por ahí y este es el precio." Entonces él dejó el libro y cogió y se marchó sin siquiera despedirse y eso fue todo: y Montanelli no volvió nunca más a mi librería. Un gran periodista, ¿eh?, pero, con perdón, un verdadero imbécil.

Después de haberse despedido de Nussbaum, Doni empezó a recorrer el piso siguiendo un mapa inconsciente. Advirtió por primera vez algunos detalles *liberty* del mobiliario y curioseó en la discoteca, junto al estéreo. Arrugó la nariz: compilación de música *new age*, algo de Miles Davis, Baglioni y tres CD de música clásica vendidos con un periódico: la colección «Los grandes maestros del pentagrama».

«¡No lo creo!», gritó alguien del grupo más numeroso, junto a la mesa del salón. Doni se detuvo un instante a mirar detrás de sí y después cogió una tartina de huevas de lumpo. Detestaba las huevas de lumpo, pero las otras opciones eran trozos de pizza, aceitunas rellenas y panecillos con una loncha de jamón (y el horrible, inevitable pincho con la banderita).

«Sí, pero tú, ¿qué opinas?», dijo algún otro. Doni se cruzó en el pasillo con Claudia, que se atusaba el pelo, y la cogió de una muñeca. Ella sonrió y una gota de vino cayó del vaso al suelo. Eran como dos alumnos de bachillerato en una fiesta de la clase, en la misma posición incómoda, cercanos y tímidos al mismo tiempo.

—Bueno, ¿qué?
—Lo mismo digo.
—¿Lo estás pasando bien?
—Con locura. Ahora mismo me pongo a bailar.
Ella rompió a reír.
—Venga, no es tan terrible.
—No, era broma. En realidad, no está mal. He hablado un poco con Nussbaum.
—¿Quién?
—El librero judío.
—No lo recuerdo. —Miró por encima del hombro de Doni como para buscarlo entre la multitud y reconocer su rostro; después volvió a mirar a su marido a los ojos—. A propósito, ¿cómo ha sido la comida con Paoli? No me has contado nada.
—¡Madre mía! Mejor no hablar.
—¿Aburrida?
—Peor. Solo te diré que vi a su nieto mongólico contar un chiste sobre mongólicos.
—¿Cómo? —dijo ella riendo.
—Repito: mejor no hablar.

Un trago de espumoso. Los vasos casi se tocaron.

—Pero, ¿has sabido algo de tu futuro? —volvió a preguntar Claudia.

—Nada de particular. Todo como de costumbre: dentro de un año debería lograr el ascenso y el traslado. Creo que a Piacenza, aunque también podría solicitar Lodi.

—La muerte social.

—Bueno, siempre podemos seguir viviendo en Milán.

—¡Vamos, hombre! Me alegraría de ir al encuentro de la muerte social. —Sonrió. Estaba muy guapa con aquel vestido verde oscuro y los pendientes que le había regalado por las bodas de plata. Doni se emocionó al ver a su mujer aún atractiva, aún dueña de su cuerpo.

—¿Estás segura?

—Roberto, ya lo hemos hablado miles veces. También yo estoy cansada de Milán, sabes de sobra que me muero por abandonar esta ciudad.

—Entonces, ¿Piacenza o Lodi?

—Da igual. Lo importante es que estés contento tú.

—Yo estoy contento. —Dio vueltas al vaso en la mano—. Más que la tranquilidad, es la idea de volver a trabajar con los jóvenes. Hacerles de viejo maestro, en lo que pueda y sepa. Es algo que siempre me ha faltado.

—Ya lo sé.

—Solo me pregunto: ¿y Elisa?

—¿En qué sentido?

—Pues, ¿se lo tomaría bien? Quiero decir, la idea de volver a Italia y ya no vivir en la ciudad...

Su mujer suspiró.

—Roberto, Elisa ya no volverá a Italia nunca.

—Pero, ¡cómo!

—Ponte en su lugar. ¿Por qué habría de volver a Italia?

—Desde luego, no se lo deseo, sobre todo con la profesión que tiene. Era solo un decir. Es una hipótesis, ¿no?

—Pues, si volviera, se iría, en cualquier caso, a vivir sola. No comprendo tu argumento.

—No era un argumento: tranquila.

Ella sonrió con dulzura.

—La echas mucho de menos, ¿eh?

Doni se encogió de hombros y tomó otro sorbo.

—Venga, otras dos charlas con las chicas y después nos vamos.

—No te preocupes. El espumoso es mediocre, pero ahora mis gustos ya no son los de otro tiempo.

Se rieron y volvieron a la sala.

—Roberto —dijo aún ella.

—¿Sí?

—¿Va todo bien?

—¿En qué sentido?

—No lo sé. Estás un poco extraño estos días.

—¡Qué va! ¿Te parezco extraño?

—Tal vez me equivoque —añadió, cauta.

—Será la primavera —dijo Doni.

—Será el aire.

—Será cualquier cosa.

Volvieron a reírse.

Llegaron a casa una hora después, hacia medianoche. El silencio de Porta Romana parecía excavar una fosa en la oscuridad. Claudia se quitó los pendientes con la cabeza baja, delante del espejo del cuarto de estar. Doni se sintió ligero y le dio un beso en la nuca.

Después hicieron el amor, mal, como hacía ya años, pero apretándose con fuerza: encerrados en el centro frágil y delicado de su abrazo, lo único que les quedaba de verdad a los dos.

23

El día siguiente al de la fiesta, domingo, Doni recibió una llamada de teléfono de su hermano, al que no veía desde hacía meses: le preguntó si tenía algún plan —que no tenía— y si le apetecía ir a un balneario fuera de la ciudad. Había un nuevo centro que quería probar, por la parte de Gorgonzola. La zona era horrible —precisó—, pero el establecimiento parecía estar muy bien. A Doni le sorprendió la propuesta, pero aceptó.

Con Matteo tenía relaciones inestables. Eran muy diferentes: Matteo era cinco años más joven, pero el binomio mayor-menor lo había favorecido a él. Había sido él quien había comprado todos los tebeos Marvel y DC y se los había dejado en herencia a Doni, antes de marcharse a Canadá... y no al revés. Había sido él el primero que había tenido relaciones sexuales con una chica... y no al revés.

Sobre todo, había sido él el primero en encontrar un trabajillo para independizarse e ir a conciertos los fines de semana, a escondidas, diciendo a su padre que iba a estudiar en casa de un amigo y, en cambio, cogía el tren e iba hasta Bolonia, Roma o París y allí se quedaba en casas de amigos a los que Doni detestaba y que llenaban la habitación de los dos de peste de tabaco y novelas de saldo amarillecidas, llenas de marcas, sobre todo narrativa americana de vanguardia o colecciones de poesía de Europa oriental.

Al regreso, Matteo se lo contaba todo a Doni, con la esperanza de encontrar en él un apoyo dentro de la familia y con propósito de evangelizador. Mirando a los ojos a su hermano fue como Doni aprendió a desconfiar de los entusiastas.

Durante el 68 tuvieron una disputa. Matteo se dejaba ver poco en casa, se saltaba las clases y amenazaba con no presentarse al examen de reválida del bachillerato, porque era un montón de estupideces burguesas. Una noche, rompió un vaso contra la pared por lo cabreado que estaba. Siempre estaba cabreado. Sus padres ya no sabían qué hacer —*chel lì l'è dré dà i nùmar: cun tüt ul laurà che'emm fa para fa' stüdià vialter!*—* y a Doni le daban ganas de estrangularlo.

Unos días después, cuando volvió de una reunión con sus compañeros (nunca se supo cuánto tenía de político y cuánto simplemente de poético: Matteo solo estaba enamorado a primera vista de la literatura), Doni lo llevó aparte y le dijo que, si quería seguir haciendo el gilipollas, muy bien, pero que lo hiciese fuera de aquella casa.

Matteo se quedó impresionado y con los años recordó siempre aquel momento como el primero en que respetó

---

* «Está como una cabra: con todos los esfuerzos que hemos hecho para que estudiarais.»

de verdad a su hermano. Estaba equivocado, según él, pero había sabido exponer su verdad. Empezaron a darse empujones en el pasillo hasta que Matteo, quien era más bajo que Doni, acabó de culo en el suelo y rompió a llorar de improviso.

En cierto modo, fue un punto de inflexión. Después de examinarse de la reválida, a la que por fin se presentó e incluso obtuvo una nota discreta, partió para Inglaterra y permaneció allí un año, trabajando en la cocina de un restaurante y después de botones. Al menos esa fue la versión de la leyenda que contó al regreso, sin añadir nada más: el cuerpo hablaba por él; estaba delgadísimo, se movía con mucha mayor cautela y tenía los ojos hundidos. La embriaguez de la bohemia se le había pasado. (Años después, confió a Doni que había estado chalado por una noruega, quien lo había abandonado de la noche a la mañana durante un viaje a Escocia.)

Se matriculó en la universidad. Después de licenciarse, fue ayudante de un profesor de Filología —un tipo muy alto y obeso al que Matteo llamaba «el rey de los capullos»—, pero al cabo de dos años había cambiado de nuevo de idea. Tuvo tiempo aún de romper dos noviazgos, trabajar una temporada en Toscana de agente de ventas, entrar brevemente en política con los Radicales y enseñar latín en un instituto de la región del Bergamasco. *Al ma fa diventà màta, ma l'è inscí bell,*[*] decía su madre para consolarse.

Doni y él siguieron mirándose de soslayo y frecuentándose poco, pero con los años habían encontrado un

---

[*] «Me está volviendo loca, pero es tan guapo...», en el dialecto lombardo.

equilibrio. Eran diferentes y había que aceptarlo, pero sabían que podían contar el uno con el otro de forma única, especial.

También la vida siguió su curso. Después de los treinta y cinco años, Matteo conoció a una muchacha de Nápoles con la que después se casaría y empezó a trabajar en el *marketing* de una empresa sin ánimo de lucro gracias a Claudia, quien lo presentó al director general. Tenía una casa cerca de Corso Garibaldi y dos hijos.

Como todos, al final parecía feliz.

Su hermano pasó a recogerlo dos horas después. Había cambiado de coche: en lugar del Alfa Romeo que Doni recordaba, llegó a Via Orti un Audi *station wagon* negro. Montó y se colocó la bolsa entre las piernas.

—Podías haberla puesto en el maletero —dijo Matteo, mientras metía la primera.

—Pues sí, pero no importa.

—Bueno, ¿qué tal te va?

—Bien.

—¿Alguna novedad?

—Ninguna, ¿y tú?

—Pocas. La pequeña tiene fiebre, Lalla te manda recuerdos y el gilipollas de Giulio ha decidido probar a doctorarse en Letras.

—Sigue los pasos de su padre.

—Es un gilipollas.

—Exactamente lo que te decía papá y tú lo llamabas imbécil.

Matteo se rio.

—En efecto, en efecto. Una sana dialéctica padre-hijo.

Por el camino hablaron poco. Matteo metió un CD de rock en el estéreo. Doni intentó no seguirlo y se limitó a preguntar el nombre del grupo: nunca había conseguido convencerlo del interés de la música clásica.

—Led Zeppelin —dijo Matteo, al tiempo que le pasaba la carátula—: algo de nuestra época. No me digas que no los conoces.

—Pues no, no los conozco.

—Pasaste años en la misma habitación que yo. No puedo creerte.

Doni miró la carátula: un dirigible en llamas, poste negro sobre un fondo blanco y compacto de cielo, se precipitaba a tierra. La cola del aparato emitía una ola de humo que parecía confundirse con el resto.

Doni dejó el disco en el salpicadero y se agarró al cinturón de seguridad. Al cabo de unos kilómetros, mientras estaban parados en un semáforo, Matteo señaló un coche que llegaba en la dirección opuesta:

—¡Mira ese! —dijo.

El coche llevaba un gran crucifijo de madera en la baca. Los brazos de la cruz sobresalían más de un metro a cada lado.

—Pero ¿se puede transportar un crucifijo así? —preguntó Matteo.

—No lo creo, la verdad —dijo Doni.

—¿Qué te parece? ¿Será un cura?

—Es probable.

—Habrá mandado a Cristo a reparar —dijo riendo Matteo. Doni no dijo nada. El semáforo pasó a verde, el coche se cruzó con ellos y después se volvió cada vez más pequeño en el espejito retrovisor, y también el crucifijo desapareció tras una curva.

El balneario estaba, como había dicho Matteo, en una zona poco atractiva. La estructura era un gran edificio gris y blanco, no demasiado alejado de la carretera nacional y con vista directa a las industrias químicas del lugar, pero, una vez que aparcaron el Audi, descubrieron un pequeño paseo asfaltado que conducía a la entrada, situado con acierto en el lado derecho, al abrigo de la vista de las fábricas, y un prado de estilo inglés, que lo circundaba.

El humor de Doni mejoró aún más cuando entraron. El interior era elegante y moderno, de color azul, con un ligero olor a cloro que se difundía también por el vestíbulo. No había ido a un centro termal desde hacía dos años, cuando había estado en Budapest, y la atmósfera era completamente distinta, no carente de romanticismo. En cambio, aquel lugar —en pleno *hinterland* productivo de la Lombardía— era tan solo funcional y a Doni le gustó.

En la recepción, una mujer rubia de unos cuarenta años les explicó los diversos servicios que ofrecía el centro. Matteo tomó un folleto e hizo algunas preguntas. La mujer recomendó un programa tipo y, al final, indicó dónde se encontraban los vestuarios.

Los dos hermanos se cambiaron y comenzaron con los baños de fango. Doni se sentía incómodo y la peste se le subía a la cabeza, pero, al cabo de unos minutos, el tratamiento se volvió agradable. Después tocó el turno de la sauna y después un baño termal con temperatura media.

Doni sentía que el cuerpo soltaba la carga que había acumulado en los días anteriores: todas las inquietudes, todas las dudas. El calor era fatigoso y la sauna, una tortura, pero, todas las veces en que salía y se ponía bajo la ducha fría, era como sumergirse en un torrente de montaña, sentir que la piel se rompía como si estuviera hecha de piedra fina y en su lugar liberara un núcleo más puro, más luminoso.

Mientras estaban sumergidos en el estanque de agua tibia, con los codos apoyados en el borde y el rostro arrebolado por el calor, Matteo preguntó:

—¿Tú te sientes viejo?

Doni sonrió.

—Digamos más bien que *soy* viejo.

Su hermano se pasó la mano por los brazos, aún tensos y musculosos.

—Yo no me siento viejo —dijo.

—Pero lo eres.

—Procuro mantenerme en forma. —Miró a Doni—. Por cierto, que tú también lo estás bastante.

—Hemos heredado el físico de papá.

—Enjuto e indestructible.

—Digámoslo así —dijo Doni.

—¿No te da asco envejecer? La idea de que la carne se afloje, de que seremos cada vez más débiles y blandos, cada vez menos dueños de nosotros mismos.

—Basta con aceptarlo.

—Sí, pero es horrendo. A mí me da miedo.

—¿Te acuerdas de mi suegro?

—Creo que no he llegado a conocerlo.

—¿De verdad? Mejor para ti. En cualquier caso, tiene más de noventa años y parece la caricatura de un ser vivo y, sin embargo, ahí sigue: tenaz. Se agarra a la vida como una sanguijuela y no cede. ¿Y sabes lo que hace en el tiempo libre? Colecciona etimologías.

Matteo alzó la vista al cielo.

—Para mí, es suficiente no acabar así —dijo Doni.

—Ya, pero ese es el problema precisamente. ¿Y si acabas así?

—Diré a mi hermano que me ponga matarratas en la sopa.

—Lo mismo digo.

Doni miró a un punto distante del estanque, donde el agua parecía cambiar de color.

—Y con los chicos, ¿cómo te va?

—Ya te lo he dicho. Giulio quiere hacer el doctorado y Michaela tiene fiebre.

—Sí, pero ¿aparte de eso, en general?

—En general.

—Sí.

—¡Qué sé yo! Creo que bien. Deberías preguntárselo a Lalla, no a mí.

—Pero, con Giulio, aparte de la cuestión de su futuro, ¿te entiendes bien?

—Pues yo creo que sí.

—Vais a correr juntos, ¿no?

—Todos los domingos y aún consigo mantenerme a su ritmo.

Doni asintió con la cabeza.

—¿A qué vienen estas preguntas?

—Es que de vez en cuando pienso en Elisa y me preocupo. Quiero decir, mira nuestra situación: comenzamos con las manos vacías y ahora aquí nos tienes, en nuestro embalse de agua cálida disfrutando de la vida, y, mal que bien, así ha sido con todas las personas que conocemos, pero, ¿y nuestros hijos?

Matteo fingió quedarse pensando y después lo salpicó,

como cuando eran niños y sus padres los llevaban una semana a Spotorno, en Liguria.

—Idiota —dijo Doni.

—Nuestros hijos saldrán adelante —dijo riendo Matteo—. Te preocupas demasiado. Vamos, sigamos con nuestro día de placer.

Llegó el turno del masaje sueco. En aquel momento Doni se había abandonado. Todas las moléculas de su cuerpo habían reaccionado como debían. ¡Qué sensación más extraña! No era tanto un gesto liberador como una tensión nueva, de carácter positivo: las fibras estaban vivas, palpitaban con energía.

Después de los masajes, tomaron otra ducha y, al final, fueron a beber un zumo de naranja en el bar del centro. Los vasos centelleaban en la mesa de ébano y toda la sala estaba inundada de luz: jóvenes con ropa de tenis y mujeres de mediana edad con una toalla al cuello iban y venían como por una pasarela

Doni encendió el teléfono móvil. Llegaron dos SMS: uno indicaba una llamada perdida, mientras el teléfono estaba apagado, de Elena Vicenzi. El otro decía: *No quiero molestarlo. Siento que no hayamos vuelto a hablar, pero tengo novedades*. Doni no respondió. Su hermano pidió otro zumo de naranja, mientras Doni pasaba al vino blanco. Pidió la carta, echó un vistazo rápido y eligió un *traminer*.

—La verdad es que hemos acertado al venir aquí —dijo.

—No deberías beber alcohol ahora —dijo Matteo.

—¡Qué más da!

Se encogió de hombros.

—Como quieras.

—Deberíamos hacer cosas así más a menudo.

—Sí, reconozco que tu compañía no es tan mala como pensaba.

—¿Lo ves? Al envejecer, mejoramos. ¡Nada de temer a la decadencia!

—Habla por ti. Yo estoy todavía en la mediana edad y me propongo permanecer en ella casi veinte años.

—Tal vez deberías comprarte una tercera residencia: una en la ciudad, otra en la costa y otra más en la montaña.

—¿Por qué?

—No lo sé. ¿Por qué no?

—Me basta y me sobra con el apartamento en las Marche. Resultó barato y está en una zona preciosa: sin turistas. El pinar y el mar a unos pasos. Además, es que la montaña no me dice gran cosa: carece de horizonte. A mí me gusta ver las llanuras que llegan hasta el infinito.

Tras otro cuarto de hora, el teléfono móvil vibró de nuevo: *Puedo fijar una cita con Mohamed para que hable usted con él. Ya lo he conseguido. Respóndame lo antes posible, se lo ruego.*

Doni sintió que la respiración se le aceleraba. El vaso resbalaba entre las manos. El centro era un lugar hostil, algo de lo que huir.

—¿Qué te ocurre? —preguntó Matteo.

—Nada.

—¿Algo del trabajo? —dijo, indicando el teléfono con la cabeza.

—Sí, el trabajo.

Doni cogió el móvil y escribió: *¿Cómo lo has conseguido?*, y, al escribir ese mensaje se sintió de nuevo atrapado en un abismo, lejos de toda posible alegría, de toda promesa de paz, arrastrado fuera de allí, del grato calor de la sauna, a las periferias y los espacios deshechos de las zonas industriales, todavía en Via Padova entre aquella gente, y a todos los lugares en los que nunca podría encontrar descanso, de nuevo en la mitad de la vida, toda aquella confusión, todo aquel dolor, la incertidumbre del día siguiente, la ferocidad de las cosas, el deseo irreprimible de venganza.

¿Cómo lo has conseguido?

La respuesta de Elena llegó al instante: *Le he pagado.*

El acuerdo con Mohamed era el siguiente:

1. Seiscientos euros al contado.
2. Nada de nombres ni apellidos, solo la descripción de lo que había hecho aquella noche.
3. Cinco minutos, como máximo, de conversación en un lugar fijado por él media hora antes.

Doni miró el calendario colgado en el armario, delante de los libros de Derecho y la sentencia del caso Santarelli: tres volúmenes a los que tanto trabajo había dedicado durante un año y medio. La apelación de Jaled estaba señalada para dentro de diez días.

Por puro escrúpulo, que se remontaba a los tiempos de la Fiscalía de la República, dijo en la Secretaría del Ministerio Fiscal que se ausentaría entre las tres y las cinco. Le respondieron con un simple encogerse de hombros.

Doni salió del Palacio a las tres menos veinte.

La cita con Mohamed y Elena era en un bar detrás de Piazzale Corvetto, el Pacheco. Doni tomó un taxi y pidió que lo dejara en la esquina con Corso Lodi. Preguntó a un muchacho y en seguida encontró el local.

Elena estaba ya delante de la puerta. Tenía la bolsa apretada entre las manos y en la cabeza, una gorrita. Parecía más mona. Doni se dio cuenta de que nunca se había fijado en el aspecto de la muchacha: pelo corto, porte un poco torpe, facciones regulares.

La saludó con una mano. Ella respondió con una sonrisa rápida, mientras se le acercaba.

—Buenas tardes —dijo.

—Buenas tardes —contestó Doni.

—Me alegro de que haya venido.

—Es que no podía dejarte sola en esta situación. —Miró en derredor y adoptó un tono duro—. Entre otras cosas, porque es la situación más idiota en que podías meterte. Tú también sabes que Mohamed no acudirá.

—Trescientos en el momento y trescientos después; claro que vendrá, me lo prometió.

Doni movió la cabeza.

—¿Le has dado ya dinero?

—Ya se lo dije, le he pagado: trescientos en el momento y trescientos después.

—Entonces, ¿ya lo has visto?

—No. Se los dio la hermana de Jaled de mi parte.

Doni movió la cabeza.

—No puedo creerte.

—Es dinero mío, señor magistrado, ganado con estas manos. —Enseñó las palmas—: Turnos extraordinarios en la librería, artículos a cinco euros cada uno, pan con jamón durante dos semanas. Siempre tengo algo aparte para emergencias.

—¿Y esto te parece una emergencia?

—¡Más aún!

Doni estaba exasperado.

—Elena, por favor, date cuenta. Has hecho una estupidez.

—Vendrá.

—Pero ya le has pagado. Le has dado trescientos euros. No puedes fiarte de él.

—Pero, ¿por qué? ¿Porque es un inmigrante?

—¡Qué tendrá que ver!

—Entonces explíqueme por qué.

Doni movió la cabeza.

—Ya te lo expliqué: porque no tenemos garantía alguna de que Mohamed tenga que ver con esta historia ni que no haya sido precisamente él quien haya implicado a Jaled.

—Y entonces, ¿qué ha hecho usted? ¿Ha venido con los *carabinieri*?

—No. He venido solo y dentro de un cuarto de hora nos marcharemos juntos, porque nadie vendrá.

—No lo puedo creer. ¿Aún no se fía?

—Elena, intentemos razonar, por favor. No tengo motivo alguno para fiarme de un norteafricano al que no conozco. No tengo motivo alguno para pensar que en todo esto haya algo por lo que valga la pena llegar hasta este extremo.

—No consigo creerlo —repitió ella.

—Solo quiero decir que...

—Entonces, ¿lo he traído aquí para nada?

—No. Santo Dios. ¿No eres tú la periodista? ¿No eres tú la que debe ocuparse de los hechos?

—Los hechos llegan hasta cierto punto.

—¿Ah, sí? Y después, ¿qué?

—La sustancia de las cosas.
—Eso son solo palabras.
Una voz los interrumpió, una simple frase:
—Sois vosotros, ¿verdad?
Se volvieron al unísono. El hombre de la cita había llegado.

—Caminemos —dijo.
Doni y Elena lo siguieron, a su lado, pero un paso más atrás. Mohamed caminaba rápido, pero la expresión del rostro era tranquila. Dobló en la esquina de Via Marochetti. Doni intentó mirarlo a la cara, pero era como si su rostro se volviese huidizo. Aparentaba unos cuarenta años y tenía el bigote y el pelo ralos, con algunas canas. El color de la piel era bastante oscuro y llevaba una chaqueta vaquera y pantalones claros.

Cortaron por otras dos calles y desembocaron en una callejuela que terminaba cerca de un enorme edificio abandonado. Doni no conocía bien aquella zona y no tenía idea de dónde se encontraban. En cualquier caso, no habían caminado más de diez minutos. Miró en derredor instintivamente para cerciorarse de si debía sentir miedo, pero, aparte de lo desangelado, el lugar estaba tranquilo. Por la calle no había nadie; en las ventanas, algún viejo.

Mohamed se detuvo.
—¿Es el juez del que me hablaste? —preguntó a Elena.
—Sí.
Mohamed se quedó mirando a Doni.
—Estoy haciendo algo que no debo. ¿Puedo fiarme de ti?
—Y yo, ¿puedo fiarme de ti? —dijo Doni.

Siguieron mirándose. Doni sacó su tarjeta profesional y se lo pasó a aquel hombre, quien lo cogió y lo observó; después se lo devolvió a Doni.

—Cinco minutos —dijo Mohamed. Después cruzó los brazos. Elena miró a Doni: «Adelante, cumple con tu oficio, pregunta, indaga, obtén. Haz lo que sabes hacer mejor que nada, hazlo de nuevo, porque ahora no te queda otro remedio».

—¿Eres amigo de Jaled? —preguntó.

—Sí.

—¿Cuánto tiempo llevas en Italia?

—Quince años.

—¿En qué trabajas?

—Hago pizzas.

—¿Estaba contigo Jaled la noche en que Elisabetta recibió un balazo?

—Sí que estaba conmigo Jaled aquella noche. No sé cómo se llama la muchacha, pero él estaba conmigo. No hizo nada.

Elena se cubrió la boca con una mano. Doni sintió que algo le estallaba en el pecho, pero prosiguió.

—¿Adónde fuisteis aquella noche?

—A mi casa.

—¿Qué hicisteis?

—Bebimos té. Hablamos. Estábamos pensando en abrir una pizzería juntos, solo nuestra, con otro amigo.

—¿Estaba con vosotros aquel amigo?

—No, estábamos solo nosotros dos.

—¿Tenía problemas Jaled con los que dispararon a aquella pareja?

—No.

—¿Conoces a alguno de ellos?

Mohamed se pasó una mano por la cara.
—Por favor —dijo solo.
—¿Los conoces?
—Sí, sí, pero, por favor, no me pregunte nada de eso.

Doni asintió con la cabeza. Cambió de pregunta:
—¿Has tenido alguna vez problemas con la policía?
—Algo, pero nada grave.
—¿El qué?
—Nada grave. Al comienzo, resistencia a la autoridad; después nada más, lo juro.

Doni miró a Elena. Estaba inmóvil y mantenía el cuerpo ligeramente inclinado hacia delante, como si estuviera preparada para lanzarse hasta el final de la calle.
—¿Testificarás?
Mohamed miró al suelo.
—No consigo hacerme a la idea de que Jaled está en la cárcel. Hace seis meses que duermo mal.
—¿Testificarás?
Los miró.
—Necesito protección.
—Tendrás toda la protección que necesites.
—Hace seis meses que duermo mal. Jaled es mi amigo. ¿Entendéis lo que está haciendo?
—Tienes la posibilidad de salvarlo.
—Pero ¡es que no quiere! Cuando fui a verlo, me dijo que callara, callara y callara. Yo no quería. No es justo, es una cosa de locos, pero él sabe que es peligroso y me dijo que callara. Su hermana, Yasmina, me llama todos los días, pero debo respetar las palabras de Jaled. Ahora, ¡que ya no puedo dormir por la noche! Es que no consigo dormir por la noche. Es terrible, terrible.

—Entonces, ¿por qué has aceptado dinero para hablar de esto?

Mohamed esperó solo un instante.

—No era para mí. Se lo di a Yasmina. —Miró a Elena—. Los otros puedes dárselos directamente. Nosotros no volveremos a vernos.

La periodista se llevó la mano a la boca y miró a Doni. Este apretó los labios.

Hasta ese punto podía haber lealtad en esta tierra y ser tan inútil: dos pobrecillos que intercambian favores y se hacen sufrir uno al otro. Era absurdo.

—Entonces, ¿testificarás? —preguntó Doni.

Él no respondió. Miró a derecha e izquierda.

—Si decides hacerlo, nosotros podemos ayudarte —dijo Elena—. Ya te lo dije.

—Tengo que marcharme —dijo Mohamed.

—Espera. ¿Te han amenazado? ¿Qué es lo que temes, concretamente? ¿Puedes decirlo?

Él no respondió.

—¿Te han amenazado los hombres que dispararon a aquella pareja? ¿Te conocen?

De nuevo él no respondió. Se limitó a señalarse la muñeca, para indicar de nuevo que el tiempo había pasado.

Doni ya no sabía qué más preguntar, con que repitió:

—Aunque no quieras dirigirte al abogado de Jaled, y yo te doy mi palabra de que, cuando salgamos de aquí, no volveremos a ponernos en contacto contigo más, ¿puedes asegurarnos que Jaled estaba contigo y, por tanto, es inocente?

Él los miró. Miró a Doni y después a Elena.

—Sí, estaba conmigo. Cuéntenlo, pero no me mezclen a mí, por favor.

25

Doni volvió a su despacho y dijo a Elena que lo esperara en el Bagatella. Le indicó la dirección y le aconsejó que dijese al dueño —Renato— que era una conocida de él. En el Palacio de Justicia, Doni se llegó hasta la Secretaría del Tribunal de Apelación para recoger un expediente. Detestaba aquel lugar, pero el desorden de aquellas salas lo tranquilizó un poco. Había expedientes dispersos por doquier con el acuerdo tácito de no birlárselos mutuamente. Era una pesadilla de catalogación continua, un reino en permanente cambio y superposición: colores diferentes para cada año y la sensación muy real de que cuanto más se avanzaba hacia el fondo, más aumentaba el caos.

Después se puso a leer el expediente en su despacho, pero no lograba concentrarse. Abrió el archivo *Testamento*, releyó la parte relativa a la Justicia y después volvió a salir y se dirigió al bar del Palacio. No había ningún conocido suyo. Compró un café y una barrita de chocolate en la máquina expendedora y la desenvolvió por la escalera. Bajó hasta los sótanos: montones de ordenadores estropeados, fotocopiadoras de las que no sabían cómo deshacerse, pasillos sucios de cal que terminaban en portones de metal, manchas de humedad.

Se detuvo en medio de una sala desierta, junto a unos tubos cromados. Pronunció su nombre y apellido en voz alta y oyó el eco y solo entonces se dio cuenta de haber acabado allí... de estar donde se encontraba, sin motivo alguno.

Un desorden acumulado bajo un desorden perenne: el Palacio hormigueante y en permanente desplome, pero que nunca se hundía.

Cuando llegó al Bagatella, Elena estaba sentada en un rincón y leyendo el *Corriere della Sera*, con un cuaderno al lado y un bolígrafo entre los dedos. El bar estaba bastante lleno y Renato se acercó a Doni.

—Allí está su pariente —dijo.
—Gracias —dijo Doni—. No es pariente mía.
—Ah, bueno.

Doni recordó que el hijo de Renato estaba enfermo de cáncer.

—¿Cómo está su hijo?
—Peor: pocas esperanzas.
—Lo siento mucho.
—Así son las cosas.

Permanecieron un momento en silencio y después Doni se sentó a la mesa de Elena. Ella cerró el periódico y lo dejó en la silla contigua.

—Entonces, ¿qué? —dijo ella.
—Sí, ¿qué?
—¿Qué hacemos ahora?

Doni lanzó un suspiro profundo.

—No sé qué decirte.
—Pero ya oyó lo que dijo Mohamed, ¿no? Está claro que Jaled no es culpable. Voy a llamar a Yasmina para comprobar si ha recibido el dinero.
—Eso no demuestra nada aún.
—Pero, ¡claro que lo demuestra! ¿Está bromeando?

Doni apretó las manos sobre la mesa, como para concentrar sus últimas fuerzas en un punto físico... localizarlas, compactarlas, volverlas reales.

—Elena, por última vez: no estamos juzgando quién disparó a quién en una pelea callejera y yo no soy un amigo íntimo de Jaled ni de Mohamed. Mi posición es demasiado complicada —dijo y fue como si recordara todo lo que lo había conducido hasta allí y sintió miedo y angustia, algo que hasta entonces no había experimentado concretamente, una sensación irreprimible, como si ya se hubiera dicho la última palabra y él estuviese atrapado, condenado a elegir cuando aún podía eludir una decisión. Procuró dominarse y ocultó las manos bajo la mesa.

—Mi posición es muy complicada —repitió—. Soy un funcionario público y obedezco las reglas, aunque a ti no te guste esta expresión, veo en tu cara lo que estás a punto de replicar, pero yo debo decidir cómo proceder e incluso si hacerlo. Podemos contar con todos los detalles que quieras, pero elegir la vía correcta no es evidente; excepciones siempre, errores nunca.

Elena miró la taza sucia de café que tenía ante sí. Doni notó un temblor en los labios de la muchacha y por unos instantes pensó que iba a ponerse a gritar.

—He leído su artículo sobre Borsellino —dijo, en cambio.

—¿Cómo?

Hubo un instante de silencio. El aire vibraba.

—Hacía tiempo que quería decírselo. Usted publicó en un periódico local un artículo sobre Borsellino. No sé cómo lo conseguiría, me imagino que no debe de ser difícil para un magistrado llegar hasta la primera página de un diario local; en cualquier caso, fue bastante fácil encontrarlo en internet. A alguien debió de gustar. —Citó un fragmento: «*En casos de esta clase, en situaciones en las que no solo la legalidad, sino también la ética están minadas por la base, es en los que aparecen los héroes. Triste época aquella en la que el héroe es quien debería administrar la justicia muriendo en una democracia, triste época en la que el héroe es un magistrado asesinado*».

Doni estaba asombrado.

—¿Te lo has aprendido de memoria?

—Solo estas frases. Es un artículo hermoso, señor magistrado, pero permítame que le diga una cosa. Usted tiene demasiada fe en los héroes.

Doni se sintió halagado, pero la ansiedad aumentó un grado más. Había escrito aquel artículo por sugerencia de un amigo periodista y, en efecto, había gustado a muchos... él mismo conservaba un buen recuerdo de él, hasta el punto de haberlo citado en el archivo *Testamento*, pero no pensaba que se encontraría en internet y que Elena hubiera logrado leerlo.

—¿En qué sentido? —preguntó.

—¿Cómo podría decirlo? Usted cree que está bien que haya personas como Borsellino, a quien dedicó aquel artículo, que asumen la responsabilidad de pagar por todos. En una palabra, según usted, es justo que haya tantos malos, tantas personas más o menos buenas y algunas bonísimas que aceptan sobre sus espaldas el dolor de los demás y la palman.

—Nunca he dicho eso ni lo he pensado nunca.

—Ya lo sé, señor magistrado. En mi opinión, está ahí, dentro de su inconsciente, duerme en un rinconcito.

—Mi inconsciente lo conozco mejor que tú.

Elena sonrió.

—No lo creo. Al fin y al cabo, es el inconsciente.

El bar estaba vaciándose y poco después Renato comenzaría a volcar las sillas sobre las mesas.

—En cualquier caso —prosiguió Elena—, la cuestión no es esa, sino la de que esas personas, esos héroes, a los que usted aprecia y glorifica con razón, bajaron a la palestra con las armas que tenían: armas ligeras, señor magistrado. Nadie les había dicho que asumir una responsabilidad era algo hermoso o, incluso si se lo habían dicho, pues... probablemente fueran unos hipócritas y, sin embargo, ¿qué hicieron? Bajaron igual a la palestra. Estaban hechos de carne y hueso y como tales murieron y tenían armas ligeras... como las mías o las de usted: inteligencia, honradez, espíritu de sacrificio y sobre todo la idea de que luchar era mejor que rendirse, porque en este país siempre ha habido demasiada gente que se rinde, pero ninguno de ellos era un santo, señor magistrado. Ninguno de ellos tenía el menor deseo de acabar así, créame. Ninguno de ellos quería morir asesinado.

—Y, sin embargo, ese fue su destino y lo afrontaron con dignidad.

—No, no. Se equivoca de nuevo. Así los coloca usted en una vitrina y descarga todo el peso sobre ellos: «¡Ah, ellos, ellos, esos héroes!» —Elena agitó una mano en el aire. La cara se le había puesto colorada—. No, la respuesta es muy sencilla. Lo hicieron porque era justo hacerlo, simplemente; sin mayúsculas, sin abstracciones. —Suspiró—. Póngase en mi lugar. Yo tengo una situación precaria, soy una mujer, no tengo dinero y difícilmente podré reciclarme de algún modo y, sin embargo, sigo persiguiendo la verdad, mientras pueda. ¿Por qué?

—¿Porque es justo hacerlo?

—Exacto: armas ligeras, señor magistrado.

Renato se acercó a la mesa y los informó de que cerraría al cabo de diez minutos. Elena aprovechó para pedir un botellín de cerveza. Al principio, Renato la miró de través, pero ella insistió y al final cedió. Lo bebió de un trago. También Doni deseba beber, pero lo dejó todo para la noche, en casa, cuando hubiera regresado Claudia. ¿Dónde estaría Claudia en aquel momento?

Salieron a la calle. Dos palomas se alejaron con un batir de alas. Milán: esa era su ciudad, ese era el nido que había excavado, todo un espacio desierto y solo.

Antes de separarse, Elena dijo:

—Recuérdelo. Los héroes no existen y el mal nada tiene que ver con la ley. El mal es solo sufrimiento, simplemente.

—Eso parece muy evangélico —dijo Doni, al no saber qué responder y con el único deseo de huir.

—Sí, es mi evangelio.

—Y el bien, ¿qué sería, según esa teoría?

—La salvación —respondió ella, al tiempo que cruzaba los brazos—. La salvación para quien la merezca.

Dos días después de la reunión con Mohamed, Doni compró tres discos en la tienda de Via Vivaio. En el escaparate seguía el rótulo «Saldos por cierre» y la mujer con las gafas de plástico negras seguía sentada a la mesa, ante el ordenador. No lo saludó. Doni tomó una edición antigua con tres sinfonías de Mahler, el primer volumen de la suite de Händel (intérpretes: Gavrilov y Richter) y, por último, *Led Zeppelin I.*

Antes de pagar, pasó por detrás de la mesa con la excusa de mirar los pocos CD de ópera que tenían y espió a la mujer por encima del hombro. Advirtió que navegaba por un sitio de citas *on line*. Logró leer el comienzo del mensaje que estaba escribiendo: *También a mí me parece que estás muy bueno.*

Pagó los discos y salió. Después volvió a pasar por Peck, compró pescado crudo, lenguas de pan piamontesas y un bote de *pâté* de pato. Volvió a casa caminando despacio. Las dos bolsas de plástico chocaban contra su rodilla derecha.

Claudia lo esperaba leyendo *Io donna* en el sofá. Doni captó la música de fondo... con un volumen muy bajo, como le gustaba a ella.

—¿Debussy?

—Chopin —dijo Claudia, y dejó la revista en la mesa.

—Vaya.

—Debes ejercitarte más, querido mío. ¿Qué has traído? —Indicó las bolsas.

—Solo unas cositas.

Se le acercó y le dio un beso en la mejilla. Doni fue a la cocina y se quitó la chaqueta. Eligió una botella de tinto —un vino trentino, ligero—, de la que sirvió en dos vasos. El suyo lo bebió de un trago y después volvió a llenarlo. Se quedó unos instantes con las manos apoyadas en el mueble de la cocina. En la pila había un plato sucio y un tenedor. Echó otro trago y después volvió al salón con los dos vasos en la mano.

Claudia estaba ordenando los cojines en el sofá. Él le pasó el vino, ella lo tomó con una inclinación irónica y apoyó los labios en el vaso. Doni hizo un esfuerzo.

—Oye, Claudia, tenemos que hablar de una cosa.

—¿Qué sucede? —dijo ella sonriendo.

—Debo pedirte un consejo.

—Nada menos.

—Pues sí. Escúchame bien.

Doni apagó el estéreo. Las notas de Chopin murieron de improviso. Después se sentó, apoyó el vaso en la mesa y contó a su mujer lo que estaba haciendo. Le contó que había comenzado algo así como una investigación paralela por mediación de una periodista sobre el caso en el que estaba trabajando. Omitió algunos detalles —entre ellos, el club de petanca— y no habló de la reunión con Mohamed, pero le transmitió la situación en conjunto y sobre todo el nudo que lo tenía agarrotado. Fue más sencillo de lo que pensaba, cosa que le asombró.

—¿Qué te parece? —preguntó al final.

Ella no había dejado ni un segundo de arrugar el entrecejo, pero, cuando habló, encontró un registro sencillo y comprensivo. Como si lo entendiese a la perfección, como la compañera de toda una vida.

—Creo que deberías olvidarte de todo eso, Roberto —dijo.

—Es verdad, lo sé, pero, ¿y si el muchacho fuera inocente?

—No te corresponde a ti decirlo. No conozco los detalles de tu trabajo, pero me parece que no eres tú quien debe decirlo.

—Sí, pero, ¿y si yo creo que es inocente?

—¿Qué importa lo que creas tú?

Doni aceptó la objeción.

—En efecto, no tengo ningún motivo particular para salirme fuera de las vías trazadas.

—Exacto.

Se le acercó y le cogió las manos: una enorme comprensión que caldeó la soledad de Doni.

—No es asunto tuyo, Roberto. No es asunto nuestro.

—Ya.

—No sé qué quieres hacer con toda esta historia, pero me imagino que tendría consecuencias, ¿no?

—Diversas consecuencias, sí.

Ella sonrió.

—Por eso. O sea, que tú también comprendes que no vale la pena. Has sido escrupuloso y has hecho caso a una persona que te ha presentado otro modo de ver las cosas, pero no deberías haberlo hecho y, en cualquier caso, no estás obligado a escucharla.

—Ya.

—¿No estás convencido también tú?

—Desde luego. —Hizo una pausa—. Es solo que... No sé, me parece que no cumplo con mi deber.

—Tu deber es solo el de hacer bien tu trabajo. Eso no es trabajo. Son reuniones oficiosas, como tú mismo has dicho, ¿no?

Doni permaneció en silencio. En el vacío del salón, una mosca solitaria zumbaba y se posaba de vez en cuando.

—Y, además —dijo Claudia despacio—, no arruines nuestra vida, por favor. No arruines la vida de Elisa.

Doni le estrechó las manos, intentó sonreír y asintió con la cabeza.

—En tu opinión, ¿he sido un buen padre con Elisa?

—¡Hay que ver qué preguntas haces!

—No me responde, no me habla nunca.

—Deja ya esa historia.

—Claudia, es cierto. No sé por qué, desde que empezó la universidad, esa muchacha me odia. Primero comenzó con las historias sobre la burguesía, sobre que si yo soy un burgués, peor que mi hermano cuando tenía dieciséis años. Después optó por estudiar Física y de acuerdo, es muy buena en los estudios, pero decía que yo no la apoyaba. ¿Es así?

—Pues es que no te mostraste entusiasta precisamente.

Doni suspiró.

—De acuerdo. Reconozco todos mis errores. Solo me pregunto si le he dado buen ejemplo. En tu opinión, ¿le he dado buen ejemplo?

—Pues claro que sí —dijo Claudia.
—De acuerdo.
Entonces, ¿acababa así el asunto? El padre de familia que vuelve al rebaño, perdonado y reconfortado.
—Roberto, ¿ahora puedes prometerme que no harás estupideces con esta historia?
Doni recordó de improviso que la mañana siguiente tenía que ir a la conferencia. Había comprado los billetes, pero no recordaba el horario. Debía comprobarlo.
—Espera —dijo y fue a su estudio para encender el ordenador. La *Magdalena* de La Tour seguía allí, con la llama siempre encendida y siempre frágil.
—Debo echar un vistazo al correo electrónico —dijo Doni, jadeante, sonriendo como podía—. Mañana estaré fuera todo el día y también la noche.
Claudia lo miraba fijamente y con asombro.
—¿Por qué?
—Tengo una conferencia en Roma.
Claudia se apoyó en el marco de la puerta.
—No me lo habías dicho.
—Sí, tienes razón.
Ella lo miró de arriba abajo.
—¿Por qué no me lo dijiste?
—Porque se me olvidó. Es algo importante para el ascenso. Me lo ha ordenado Paoli, un asunto aburridísimo. —Volvió a sonreír, se pasó la mano derecha por el pelo—. Un enorme tostón, pero debo hacerlo.
—¿Es una excusa para andar por ahí con esa periodista?
Él se volvió y mostró una sonrisa incrédula.
—¿Estás bromeando?

—No, en vista de que, por lo que parece, te has acostumbrado a mentirme.

—No te he metido. Quiero decir que no he querido tapar nada de lo que piensas. A mi edad, ¡venga, hombre!

—No pienso en *eso*, sino solo en que me has mentido.

—De acuerdo, me disculpo de nuevo, pero te juro que mañana tengo que ir de verdad a Roma. Mira. —Buscó el correo con los horarios y lo imprimió—. ¿Lo ves? Mira.

Claudia cogió las hojas y echó un vistazo apenas.

—Te acompaño al aeropuerto —dijo.

—¿Qué pasa? ¿No me crees? ¿Crees que es un billete a propósito para montar una historia?

—Solo digo que te acompaño al aeropuerto.

Doni se llevó la mano derecha al rostro. Le habría gustado destrozarlo, hacerlo pedazos, destruirlo.

—De acuerdo —dijo—. De acuerdo.

—Y quítate esas cosas de la cabeza, por favor.

—Sí.

—Por favor, Roberto. No sé lo que te está sucediendo.

—De acuerdo —volvió a decir él.

La mosca había llegado al estudio y no cesaba de zumbar.

27

El vuelo aterrizó puntual. Doni llevaba solo un equipaje de mano y corrió a tomar el tren que enlazaba el aeropuerto con la estación Termini. Había uno al cabo de pocos minutos. Guardó cola en la ventanilla automática detrás de cuatro muchachos con mochilas enormes: toqueteaban los botones mientras lanzaban imprecaciones en español.

En el tren procuró no pensar y prepararse para el aburrimiento de la tarde. El resto del día siguió el plan que se había fijado: llegó al centro de la ciudad, depositó la maleta en el hotel —estaba en Via Catalana, junto a la sinagoga— y después tomó un taxi hasta Piazza Venezia.

—Mire que son solo unos pasos —le dijo el taxista.

—No importa —dijo Doni—. Tengo calor y quiero estar cómodo.

La verdad es que aborrecía Roma y no tenía ganas de cruzarla a pie. Dios —o alguien en su lugar— había castigado a aquella ciudad con la belleza: una justificación suficiente para excusar cualquier mal y, por tanto, un destino de eterno infantilismo. Aborrecía el esplendor de Roma, la dilatación casi física del tiempo que siempre sentía en ella. Más que nada, detestaba la alegría ingenua y superficial de los romanos, su infinita ligereza. Roma era una metonimia de Italia: en el fondo todos son buenos y en el fondo todos somos iguales ante un plato de pasta; conque, ¿por qué cabrearse?

La última vez que había estado en la capital, nueve años antes, se había vuelto a prometer que no volvería nunca más, salvo en ocasiones excepcionales.

Llegó con retraso a la sala de la conferencia, en un antiguo palacio papal. Se sentó en una de las últimas filas, saludó con una seña a dos colegas a los que conocía de vista y pocos instantes después comenzó la tortura.

Las tres primeras intervenciones rayaban en la indecencia: ponentes incapaces, que mezclaban conceptos filosóficos —uno citó seis veces a Nietzsche— con alguna vaga intuición jurídica.

Doni estaba agotado y tenía los nervios de punta, pero debía resistir. Aprovechó la pausa a media tarde para poner la cara bajo el agua del grifo y quitarse, junto con el sudor, al menos un poco de inquietud.

Para sorpresa suya, la última intervención fue bastante interesante. Habló un joven investigador de Módena y se refirió a la necesidad de sustituir el concepto de *verdadero* por el de *justo*. La ética y la averiguación nada tenían en común, así como el dato en bruto de seis millones de judíos muertos no era, en realidad, indicio de nada: la investigación debía limitarse a procurar averiguar el número exacto, sin sacar conclusiones.

Hubo algunas toses y también Doni frunció el ceño

ante aquella tesis. El investigador se adelantó a las objeciones al concluir que su teoría era bastante triste, pero la tristeza es inherente a las acciones humanas.

Acabada la conferencia, Doni saludó a dos colegas de Roma y a los dirigentes locales, estrechó algunas otras manos, intercambió chistes durante un cuarto de hora, transmitió los saludos de Paoli y por fin —cuando la mitad de los participantes se dirigía hacia el refrigerio, en el elegante patio, allende una pared de cristal— comprendió que su cometido había terminado.

Volvió al hotel, tomó una ducha, se cambió de camisa y salió. Fue al encuentro del peligro y decidió cenar en el Trastevere. Estaba demasiado cansado para afrontar la ciudad y demasiado preocupado para meterse en seguida en la cama.

Caminó hacia el norte, después dobló por el puente Garibaldi y se perdió en el barrio antiguo. Era como lo recordaba; Roma parecía inmutable a su modo particular, como si la ciudad del nuevo milenio ocultara otra, un corazón más antiguo y siempre igual, que nada tenía que ver con la ostentación de las ruinas: no, era algo más sencillo y medieval, algo relacionado con la idea misma de la plebe, del vulgo.

Doni encontró un restaurante que le pareció menos turístico que los otros y pidió unos *spaguetti alla carbonara* y medio litro de vino tinto. El vino era ácido, pero la pasta estaba muy buena, y Doni se concedió un café y una *grappa* y después otra *grappa* más. A su alrededor, enjambres de muchachos se rozaban y se dispersaban, excitados por el atardecer: era jueves, pero parecía sábado, y por todas partes se oían voces y gritos, ruidos de botellas y música en la calle.

Doni se levantó y caminó tan solo cien pasos, antes de detenerse en un bar junto a la plaza de Santa Maria in Trastevere. Había dos veladores fuera y uno estaba libre. Sin pensárselo, Doni se sentó, pidió un brandy y, también sin pensárselo, preguntó al camarero si no tendría por casualidad un cigarrillo que ofrecerle. El muchacho sacó una cajetilla, le ofreció uno y se lo encendió. Doni contempló el humo con gozo y miró la plaza.

El aire era ligero. Una brisa se enfilaba por las calles del barrio, rozando apenas los tobillos y las muñecas. El atardecer estaba cediendo el paso al ocaso. En el cielo Doni vio aparecer tres estrellas.

En la plaza, había personas sentadas en los escalones de la fuente, que se pasaban botellas de cerveza y reían. Un vagabundo se puso a lanzar por el aire tres bolas de tela, pero se le cayeron dos veces seguidas. Un grupito empezó a tomarle el pelo, él se irritó y los mando a freír espárragos. Doni sonrió. ¿De verdad era todo tan sencillo?

Se acordó de Jaled y de todos los magrebíes de los cojones y al final decidió no hacer nada. ¿Qué debía hacer? No había pruebas, solo palabras, y él tenía responsabilidades para con su propio papel. Había sido un idiota al no pensarlo desde el principio. Se había dejado llevar, simplemente.

Se acabó el cigarrillo y también el brandy. Pidió otro y se sintió distante de todo, en un pequeño espacio protegido. El camarero le puso otro cigarrillo y un encendedor en la mesa, al tiempo que le guiñaba un ojo. Doni se lo fumó y siguió contemplando los movimientos de la plaza, satisfecho con su resolución. La justicia es una cosa divina y nosotros nos limitamos a actuar conforme a normas humanas y falibles: vivimos entre escombros, querida Elena, pensó, y debemos habérnoslas con ellas.

Cuando se levantó para pagar, se dio cuenta de que la belleza nada tenía que ver. Estaba borracho. ¡Un fiscal general sustituto, borracho! Fue al servicio, bebió agua del grifo y se la pasó, fría, por las muñecas. Después salió y se dirigió de nuevo hacia el hotel. Tenía que tumbarse.

En el puente había una chica con un puestecito. A la ida no la había visto, ¿o tal vez era en otro puente? No conseguía recordar. La chica tenía unos veinte años y aspecto limpio y educado, pero parecía extranjera. En un cartón delante de la mesita se decía:

LEO LA POESÍA

QUE LLEVÁIS DENTRO

— —

2 EUROS

Enfrente había una pequeña fila. Doni se detuvo y, mientras pensaba en qué hacer y se hurgaba en los bolsillos en busca de algo, la fila se había acabado y se encontró delante de la muchacha.

—Buenas tardes —dijo ella—. ¿Quiere una poesía?

Tenía un ligero acento romano. Era de allí.

—Sí —dijo Doni.

—Debería tener la amabilidad de agacharse un poco hacia mí para que pueda mirarle bien en la cara.

—¿En la cara?

—Exacto. Tengo que verlo por dentro.

—Entiendo.
—Y, además, necesitaría su nombre.
—Roberto —dijo Doni, mientras se agachaba hacia ella, como si fuera a besarla, y con la esperanza de que no notara el olor a vino.
—Gracias, Roberto —dijo sonriendo. Después lo miró a los ojos, de estos bajó despacio a la nariz y luego a la boca, y de nuevo subió a completar con la mirada la línea del pelo y las orejas. La operación duró casi un minuto. La muchacha tomó un cuaderno —un simple cuaderno de notas— y escribió rápidamente unos versos.
—Aquí tiene —dijo, al entregárselo a Doni—. Son dos euros.

Doni sacó una moneda de dos, se la pasó y se alejó con la hoja en la mano. No lo leyó hasta llegar a la otra parte del río:

> *Esperé el día durante noches infinitas,*
> *durante noches infinitas lo busqué,*
> *pero, al encontrarme con el alba,*
> *olvidé el color de la oscuridad.*

Dobló la hoja y se la metió en el bolsillo. El Tíber era una masa negra en la noche.

Doni pensó, por entre la nube de alcohol, que aquella muchacha debía de tener una serie de frases adecuadas para cada edad, sexo, hora y rostro. Las sabía de memoria y hacía alguna ligera modificación. Pensó que en dos minutos había ganado dos euros netos, el tiempo que su hija, a diez mil kilómetros de distancia, empleaba solo para escribir el comienzo de una compleja y terrible ecuación, para buscar un libro en internet o para encabezar una carta a un profesor con el que colaborar.

Entonces fue cuando sonó el teléfono móvil.

Durante el viaje de regreso, Doni iba sentado junto a un muchacho obeso que no cesaba de toser en el vacío, sin taparse la boca con la mano. La masa de carne se movía al unísono con cada acceso. Ni siquiera a miles de metros de altura perdía el mundo su capacidad para herir a quien lo cruzaba.

Habían encontrado muerto a Mohamed en un piso de Viale Monza. La voz de Elena en el teléfono estaba devastada por la angustia y el miedo.

Doni abrió el paquete de galletas saladas que la azafata le había entregado y se dispuso a comer una. El muchacho obeso volvió a toser, repetidas veces.

Hasta aquel momento, había sido como entrar en el mar solo con los pies y sin abandonar la orilla: probar la temperatura de un agua desconocida, tal vez el estremecimiento por algo que no sentía desde hacía tiempo, y limitarse a mirar el horizonte.

En aquel instante era diferente. Ya no se trataba de momentos de debilidad, no eran justificaciones debidas a la edad o a la angustia por el futuro.

Había muerto un hombre.

Tal vez solo fuera una coincidencia absurda, pero Doni estaba convencido de ser el responsable: el verdadero culpable y los no identificados se habían enterado, de algún modo, de aquella conversación y habían quitado del medio a la única persona que podía hablar, porque había decidido hacerlo. Estaban dispuestos y eran malos.

Doni miró al muchacho obeso, con cuya inexpresiva mirada se cruzó la suya. Sintió que toda la cabina del avión temblaba como un organismo. ¿Lo seguirían tal vez? O tal vez siguieran a Elena. ¿Y desde cuándo?

Se aferró a los brazos del asiento.

Había buscado hechos y los hechos habían llegado hasta él.

Cuando desembarcó en el aeropuerto de Milán-Linate, llovía, era una lluvia fina y densa, que Doni observó unos momentos antes de tomar un taxi. Montó en el coche, dio la dirección del Palacio de Justicia y telefoneó a Salvatori.

—Dígame —respondió este.
—Hola, Michele.
—Roberto, ¿cómo estás?
—Acabo de volver de Roma. Oye, disculpa que te corte, pero necesito un favor. He sabido que han matado a un egipcio por la parte de Cascina Gobba.
—Sí, sucedió ayer por la noche. ¿Cómo es que te interesa?
—Déjalo; necesito detalles.
—Pues no es que sepa gran cosa.
—Hazme un favor: pregúntaselo al sustituto de tur-

no y, nada más llegar, me cuentas todo.

—De acuerdo, pero...

Doni cortó la comunicación y reclinó la cabeza en el respaldo. La lluvia golpeaba el techo del coche sin interrupción.

—¿Una mañana difícil? —preguntó el taxista.

—¿Cómo? —dijo Doni.

—Tiene aspecto de cansado.

—Sí, sí. Estoy muy cansado.

El taxista asintió con la cabeza y con expresión comprensiva.

—¿Sabe lo que hago yo cuando me siento así?

—No. ¿Qué hace?

—Aparco en alguna parte, en una hermosa zona de bosque, y toco el clarinete.

—El clarinete.

—Sí, siempre ha sido mi pasión.

—Es un bello instrumento.

—Muy infravalorado, créame. En cualquier caso, cuando me siento cansado o deprimido o cualquier otra cosa, y sucede, por tener que tratar con la gente todo el día, apago el motor y toco y, si me llaman, no me importa. Durante un cuarto de hora no estoy para nadie.

—Me parece excelente —dijo Doni.

El taxista le sonrió por el espejito retrovisor.

—Pruébelo también usted.

—¿Tocar el clarinete?

—No, apagar el motor y no estar para nadie.

Se dirigió derecho al despacho de Salvatori. Llamó, no hubo respuesta, pero, aun así, abrió la puerta. Salvatori estaba al teléfono y le hizo una seña para que esperara. Doni permaneció de pie con los dedos apretando el picaporte. Notaba la lluvia que había empezado a caerle en la cara. Cuando Salvatori colgó, cerró la puerta y se acercó al escritorio.

—¿Qué, Robbe'? ¿Cómo te ha ido en Roma?
—Un aburrimiento mortal. ¿Has sabido algo del egipcio?
—Algo. —Cogió una hoja en la que había garabateado unas líneas—. Mohamed Farag, treinta y ocho años, llevaba quince en Italia, con permiso de residencia, de profesión pizzero en un restaurante cercano a la estación Central. Tenía un antecedente penal por resistencia a la autoridad, poca cosa. Residía en Viale Monza, soltero y poco más que reseñar. Un coche de policía había encontrado el cadáver a las cinco de la mañana, a la orilla del Lambro, con un disparo en la sien.
—¿Qué calibre?
—¿Cómo?
—La pistola. ¿De qué calibre era?
—No lo he preguntado.

Doni sintió que la cabeza le daba vueltas. Se apoyó en la mesa con una mano.

—¿Te encuentras bien? —preguntó Salvatori.
—Sí, sí. Oye, ¿suposiciones sobre el móvil?
—Uf. Más vale que preguntes tú directamente. La sustituta encargada es Simona Grossi.
—De acuerdo. Te lo agradezco.
—Robbe', ¿estás seguro de encontrarte bien?
—Sí, el vuelo me ha desorientado un poco.
—Tienes una cara...

Doni esbozó una sonrisa.

—No te preocupes. En cuanto me recupere, vamos a almorzar otra vez a aquel estupendo restaurante en el que estuvimos hace un mes.
—Desde luego.
—Y me tomaré otra estupenda cerveza artesanal.
—¡Ya lo creo!
Doni sintió la mirada de Salvatori en su espalda, mientras cerraba la puerta tras sí.

Pasó por su despacho para dejar la bolsa y el *trolley*. Después fue al servicio a refrescarse la cara y secarse el pelo con un pañuelo de papel. En el espejo tenía una expresión estremecida. Intentó serenarse, se ajustó la corbata y se olió las axilas: un ligero olor ácido.

Cruzó el pasillo: los habituales carritos abandonados y llenos de expedientes, la gente habitual que iba y venía preguntándose por su camino en el laberinto. Volvió a su despacho, buscó el número de Simona Grossi en la lista y lo marcó.

—Dígame —respondió esta.
—¿Grossi?
—Sí. ¿Quién es?
—Hola, Grossi, mira, soy Roberto Doni, de la Fiscalía General.
—Buenos días, Doni. ¿Necesitas algo?
—Quisiera preguntarte dos cosas por vía oficiosa sobre el egipcio al que mataron ayer. Sé que ya has hablado con Salvatori al respecto.
—Sí. ¿Hay algún problema?
—No, en absoluto. ¿Tienes tiempo?
—Desde luego. Puedes venir ahora mismo a mi despa-

cho, si quieres.

—Gracias.

Le explicó el camino. Doni volvió al piso superior y la encontró esperándolo en la puerta de su despacho. Era una mujer muy mona: pelo castaño largo sobre los hombros y ojos azules, un tipo sencillo, pero elegante.

—Encantada —dijo, al tiempo que le estrechaba la mano. Le hizo pasar a su despacho, espartano y semivacío, como el suyo. Doni advirtió que se sentía incómodo.

—Como te he explicado por teléfono —dijo yendo al grano—, solo quisiera saber algo más sobre Mohamed Farag, sobre las causas de su muerte y los detalles del homicidio.

Ella se rozó la punta de la nariz y extendió algunas fotografías en el escritorio.

—Pues, lógicamente, aún no se ha aclarado nada. No hay indicios, solo el cadáver, con un orificio a la altura de la sien izquierda; ninguna señal de golpes u otras heridas.

—¿Se conoce el calibre de la pistola?

Grossi recorrió las páginas con un dedo.

—7,65 —dijo.

Doni cerró los ojos.

—No hay otros datos —añadió ella—, nada importante al menos. En realidad, es un homicidio muy extraño: Farag solo tenía un antecedente por resistencia a la autoridad, pero, aparte de eso, estaba limpio. Era soltero, trabajaba de pizzero y tenía permiso de residencia. —Cruzó los dedos contra la boca, gesto estudiado que irritó a Doni—. No parece un crimen por motivos personales... traición, adulterio o cosas similares, aunque, desde luego, no podemos excluir nada. En una pa-

labra, no tenemos nada con lo que trabajar.
 Doni asintió con la cabeza.
 —Sabes mejor que yo que al final cosas así acaban en nada.
 —Sí.
 —La delincuencia de inmigrantes resulta esquiva, aunque, desde luego, no se trata de chinos. Con estos siempre resulta una pesadilla.
 —Sí.
 Ella bajó la mano de la cara y miró a Doni.
 —¿Puedo preguntarte cómo es que te interesa?
 —Sentí curiosidad por ese caso, simplemente.
 —Pues sí, es, en efecto, una historia fea.
 —Sí, bastante.
 —Pero nada demasiado terrible, al fin y al cabo —añadió con una sonrisa.
 —No —dijo Doni—. Nada demasiado terrible.

29

Se despertó poco después del amanecer. Claudia dormía de costado. La miró en la oscuridad para intentar distinguir sus formas. En la habitación hacía mucho calor y la respiración de la mujer era calma, regular. Le acarició el pelo.

Doni salió y tomó el metro sin pensar en una dirección precisa. Montó en la línea roja, hacia Bisceglie. Tres estaciones después, salió e invirtió el rumbo: esperó el otro tren y se dirigió de nuevo hacia el norte. No llevaba nada para leer y mantenía la bolsa sobre las rodillas.

A la altura de Porta Venezia, la muchacha sentada enfrente de él —con senos grandes y ojos de rasgos balcánicos— se puso a amamantar al nene que llevaba en brazos. Se abrió un poco la blusa y la camiseta y él se aferró al seno derecho. Doni se quedó asombrado, porque hacía decenios que no veía a una mujer amamantar en público. Cuando era niño, sucedía con frecuencia.

Se apeó en Sesto Marelli, fuera de los límites de la ciudad. Olfateó el viento fresco de la mañana y tomó un café en un bar de la calle principal. Dentro una pareja joven de menos de treinta años estaba discutiendo. Él era alto y con pelo muy corto; ella, rubia y muy elegante. Se gritaban a la cara sin sentir vergüenza y se acusaban de traiciones recíprocas.

Doni recordó la pregunta que le había hecho Renato en el bar Bagatella: si la situación había empeorado desde cuando eran jóvenes. Llegó a la conclusión de que sí.

Empezó a caminar hacia el sur y volvió a tomar el metro en la parada siguiente. Se colocó junto a las puertas. Con él subió un montón de inmigrantes y algún estudiante. Todos los asientos quedaron ocupados. Doni notó la peste a axilas y a otras cosas.

Un muchacho con cascos y expresión absorta; una mujer sudamericana y sus tres hijos; bolsas de plástico llenas de carne; dos jóvenes chinos con los brazos cruzados; un hombre con corbata que consultaba su iPod.

Sí, la reconocía. Era Milán, la ciudad en la que todo el mundo podía sentirse extranjero, incluso quien hubiese crecido entre sus paredes: la ciudad en la que se debía arrancar el amor con esfuerzo y nada se concedía a la primera, la ciudad cruel, que, sin embargo, nunca mentía.

¿Y qué buscaba toda aquella gente? Felicidad. ¿Qué, si no? Para arriba y para abajo por la trama de las calles, con retraso o con adelanto por el recorrido, siempre preocupados por algo... siempre en busca de un mínimo de tierra, de estabilidad, algo que no se hundiera bajo sus pies. ¿Y cuántos de ellos, en aquel momento y en aquel espacio —la voz grabada anunció la parada de Pasteur, nadie se apeó ni montó—, buscaban justicia?

Pero la Justicia era como un rastrillo que roturaba la

tierra y dejaba aquí y allá vacíos inevitables: trechos de maleza, piedras demasiado pequeñas para dejarse rastrillar, lugares en los que seguía germinando la duda.

Doni se pasó una mano por la cara. Cuando la voz grabada anunció la parada de Loreto, se apeó.

Se internó por Via Padova.

«Entre nosotros dos». Mantuvo los ojos cerrados a intervalos de treinta segundos para oír solo los sonidos durante un rato: timbres de bicicletas, jirones de español, de árabe, tagalo; una calle que tiene muchos nombres, a la que se llama de muchos modos diferentes; chirridos de ruedas, choques de metal contra metal. Abrió los ojos: estaba delante de un supermercado y dos empleados estaban descargando palés.

A partir de la rotonda, empezó a mirar en derredor. Entró en una tienda china de comestibles y recorrió las estanterías. Había tarros, cajas y productos alimentarios desconocidos, junto a arroz y botellas de salsa y latas. Los ideogramas interrumpían la continuidad occidental del pasillo, abrían un espacio al que Doni no podía acceder. Podían ser nombres de verduras, pero su aspecto era el de los nombres de un dios.

Fuera se cruzó con un vendedor ambulante que arrastraba una carretilla de dos ruedas. Encima de ella había atado dos tarros cubiertos con un jersey de lana. Se detuvo y preguntó a Doni si quería un *snack*. Apartó el jersey: huevos duros, tal vez, desmenuzados con pan, tal vez. Él le dijo que no y siguió adelante.

«¿Qué estás haciendo? ¿Qué estás haciendo?» Debía hablar aún. Preguntó la hora a la camarera de un bar, que estaba inmóvil delante del local, con las manos apoyadas en las caderas y un delantal blanco. Ella le respondió y Doni se alegró de oír una palabra nítida, sencilla, exacta. «¿Qué hora es? Te pregunto y tú me respondes.»

Una camioneta del Ejército estaba aparcada delante de una explanada. Doni se detuvo a comprar un periódico en un quiosco y miró a aquellos tres veinteañeros armados, con ropa militar de faena, y una parte de él pensaba que estaba bien, porque la seguridad está por encima de todo, y otra preguntaba cómo es que habían decidido desplegar incluso a militares no adiestrados en la calle.

Siguió adelante. Un cine porno de estilo años setenta, otro quiosco, bares de mala muerte con colores chillones, neón rosado y azul trémulo. En el otro lado de la calle, un señor con impermeable gris, melena larga hasta el cuello y manos en los bolsillos, caminaba gritando: «Así van las cosas, dicen. Así van. Pues, ¡os voy a enseñar yo cómo van! ¡Ya lo creo!». En cierto momento se detuvo y señaló con un dedo toda la calle para englobarla en su indignación.

Doni vio cajas de fruta expuestas delante de las tiendas; una barraca entre los edificios y un gran supermercado delante del cual estaban parados dos mendigos; pavimento de las aceras deteriorado; enlucidos descascarillados; ventanas sin persianas y figuras que aparecían y desaparecían como en un sueño; el sol opaco tras las nubes, como la llama de La Tour. La anunciación de los caídos.

Buscaba algo que prometiera una compunción, una señal, un símbolo que mostrara el secreto de aquella calle: algo que partiera el corazón y vengase a Milán. No podía ser todo hacer, moverse, actuar. Debía de haber otros verbos para describir la ciudad, pero la comprensión en ese nivel era difícil... emotiva, un arte al que no estaba acostumbrado. ¿Qué se podía esperar de él mismo, en el fondo? Él era alguien que iba al despacho en vacaciones.

A fuerza de luchar contra el mal —reflexionó—, acabas pensando que todo se reduce a eso, a una contraposición entre policías y ladrones, un juego de reglas muy sencillas: acabas creyendo que nada, aparte del Palacio de Justicia, puede existir, que los millares de páginas de una sentencia contra la *'ndrangheta* contienen por entero todo lo que se puede decir en el Universo, que la gente no lo advierte por ignorancia y comodidad y que incluso la belleza —incluso la música, el arte, el amor— solo son destellos de luz pasajera, fragmentos provisionales, partículas tan inestables, que mueren tras una fracción de segundo: nada verdadero, nada esencial, nada que pueda resistir la ola del dolor.

También por eso estaba allí, también por eso.

Dobló a la izquierda e intuyó la presencia de agua cerca: el canal de la Martesana. Se encontró ante sus orillas, con los diques destrozados, algún cañaveral, un parque a sus espaldas y una explanada llena de caravanas. Una colinita artificial dividía el paisaje. En los bancos había algún muchacho con una mochila entre los pies: hacer novillos, fumar cigarrillos al aire libre.

Doni bajó por un trecho del sendero que bordeaba el canal. Por el otro lado, las casas se reflejaban en el agua y de vez en cuando parecían huertos un poco desolados y toneles de plástico azul como los que usaba su tío para almacenar el estiércol.

Volvió a Via Padova, el segundo canal que debía navegar, y se dirigió de nuevo hacia el centro. De pronto los edificios y las calles perdieron el interés. Debía marcharse de allí. Acabó en un retículo de calles detrás de Viale Monza. Una enoteca y una tienda de comestibles regentada por dos italianos gruesos competían para ver quién levantaba antes el cierre.

Doni se detuvo a beber un té con menta en un *kebab*. Cogió la taza, la llevó fuera a las mesitas y respiró a fondo por la nariz: especias y cuero. Cuando hubo acabado, se quedó un momento contemplando aquel panorama, escuchando el ruido de un tren cercano, los raíles que se hundían en el cemento.

Y tal vez no tuviera nada que ver y, desde luego, no compensaba ni la menor pizca de violencia, pero, al contemplar la luz que invadía el barrio, mientras se dirigía hacia la estación de Rovereto para correr al trabajo, logró ver un fragmento de belleza y verdad... y no importaba que fuera dolorosa y estuviese viciada: solo allí, como una pulsación a través de los cuerpos de los borrachos y los locos, las botellas vacías y los colchones quemados, podía pensar que la verdad existía aún.

Entró en el Palacio de Justicia por la puerta principal, cansado y sudado, y subió por una de las escaleras laterales, negras, naves de una catedral laica. Permaneció unos instantes en el salón de honor. Los bajorrelieves fascistas seguían en su sitio: César a caballo y a su lado, a caballo, Mussolini, si bien habían quitado la nariz a este último por razones de urbanidad. Ahora podía ser cualquiera, pero —reflexionó Doni— no dejaba de ser Mussolini.

Dobló a la derecha. Pocos sabían que en el gallinero encima de los bajorrelieves hubo en otro tiempo un cuchitril que servía de barbería. Doni lamentaba no haber acudido nunca a afeitarse allí: no tanto por la calidad del servicio cuanto por tener algo que contar, un fragmento del Palacio que parecía procedente de una novela del siglo XIX y no de la pesadilla de un loco.

En una de las salas había una vista en curso. Doni entró. Permaneció de pie al fondo, apoyado en uno de los bancos de madera. Intuyó que se trataba de un proceso por tráfico de drogas. El agente que estaba a su lado le preguntó si todo estaba en orden, con la habitual actitud fiscalizadora, que Doni apreció.

—Soy un sustituto del fiscal general —dijo, al tiempo que sacaba su carnet profesional

—A sus órdenes —se apresuró a decir el guardia, y se alejó.

En la jaula de los acusados había dos hombres jóvenes y musculosos. Uno estaba sentado y el otro iba y venía mirando en derredor. Las jaulas no eran decorosas, pero eran muy cómodas. Antes de instalarlas, un tipo había trepado hasta la ventana y había amenazado con tirarse al vacío.

Doni se sentó en la última fila. Pensó en lo que debía de ser estar en aquella cabina y ser inocente, ver que alguien decidía sobre tus próximos meses o años y, en cualquier caso, sobre tu vida, mientras permanecías detrás de los barrotes de hierro... sin motivo.

Desde luego, no se había hecho magistrado porque un día hubiera reflexionado sobre un caso así: un inocente en la cárcel, un culpable al que castigar.

En los tebeos de su hermano, la decisión de dedicar la vida a la lucha se debía a un trauma: un dolor que vengar, una muerte. Batman y el Hombre Araña perseguían ideales elevados, desde luego. Eran modelos de vida, pero en el fondo —e incluso el joven Roberto lo entendía— eran solo dos muchachos que habían perdido a alguien.

En cambio, él había llegado por casualidad. Solo Colnaghi le había mostrado el lado virgen de aquel trabajo y solo en algún momento.

Para Colnaghi, la justicia tenía algo que ver con la reparación de la injusticia: nada más, nada diferente de un niño al que han pegado sin motivo y al que un amigo vengaba. Bajo decenios de burocracia e italianidad, ese corazón latía aún: el imperio del mal es, desde luego, más amplio que el del bien, pero no todo el mal puede permanecer impune, no todo el mundo está bajo su imperio. Ha de haber en alguna parte un rincón intacto, una promesa de renacimiento. Debe haber esperanza viva, debe haberla, y también alguien destinado a defenderla.

El hombre que había permanecido de pie en la jaula se sentó junto a su compañero. El abogado estaba poniendo en tela de juicio la escasa pertinencia de algunos argumentos de la acusación: insistía en un detalle relacionado con el momento de la detención. Parecía competente.

Doni esperó aún unos minutos y después salió.

En el despacho abrió la bandeja de entrada del correo. Elena le había escrito un correo electrónico en el que le preguntaba si debía adoptar precauciones para su protección y en general qué pensaba Doni sobre la situación. Al final, le hacía dos preguntas:

¿Qué puede hacer ahora? ¿Y qué riesgo corre?

Doni la tranquilizó y al final le respondió con la misma brevedad:

Algo puedo hacer, pero debo pensarlo.
En el peor de los casos —o tal vez el mejor— corro un gran riesgo.

Después se puso a trabajar y se juró a sí mismo que aquel día no se le escaparía ni una sola palabra.

Bajó por la escalera después de las seis, con la cálida luz de la tarde. Una masa de nubes se alejaba hacia el oeste, otra estaba acercándose al este. A lo largo de Via Pace adelantó a dos mujeres que hablaban del tiempo inestable, de una primavera vieja como las viejas primaveras.

«Considera, escucha y después actúa.»

Bien: solo le quedaba una persona a la que escuchar. Después actuaría.

31

Cuando salió de Milán, empezó a llover de nuevo. Doni puso en marcha el limpiaparabrisas. La emisora de música clásica empezó a sonar con interferencias, después las ondas se perdieron en el vacío de la provincia. Doni apagó la radio y se centró en la carretera. Un cartel anunciaba un paso a nivel a tres kilómetros de distancia. Las gotas caían lentas sobre el cristal. El domingo era un espacio vacío y el magistrado lo cruzó como un cuerpo extraño.

Desde que el profesor Cattaneo se había retirado de la universidad, había vuelto a vivir en la provincia de Como. Había comprado un chalecito en su pueblo natal y se había mudado a él con su mujer. No tenían hijos. Doni lo llamaba una vez al año, poco antes de Navidad, para la felicitación ritual. Había sido su profesor de Derecho Penal y, más aún, su maestro, como para tantos otros alumnos de la Universidad de Milán... también para Colnaghi.

En aquella época, Cattaneo era algo así como un pequeño genio. A los treinta y seis años era ya profesor titular y, cuando Doni lo conoció —tenía veinte años más que él—, era el único en toda la facultad que oponía resistencia con todos su medios tanto a las viejas estrategias de los mandarines como a los avances del Sesenta y Ocho. Las notas políticas le desagradaban tanto como la fingida dignidad de los profesores de más edad. Había sido golpeado en una emboscada de estalinistas y había recibido amenazas de expulsión del cuerpo docente por haberse encadenado al escritorio.

Estaba solo contra todos.

Doni, que odiaba a los sesentayochistas y ya entonces era un liberal de derecha convencido (una derecha social, antifascista, republicana), se entusiasmó con sus clases. Le pidió que dirigiese su tesis y siguió relacionándose con él incluso después de acabar la carrera: la idea de que hubiese un hombre así en el mundo le infundía fuerzas en los momentos más negros.

Cierto es que tenía a Claudia, pero era como si lo inquietara el comienzo de su carrera en la justicia: sabía que era competente, metódico, pero no lo bastante brillante. Trabajaba como lo había hecho siempre, con esmero y escrúpulo y, sin embargo, sentía a cada paso que el terreno crujía bajo sus pies.

Ni siquiera cuando nació Elisa se atenuó aquella sensación, sino al contrario: fue como si resultara complementaria de la alegría de la paternidad, un lado oscuro que aumentaba y que no podía compartir con nadie: ni con los colegas de Ancona ni con los de Gallarate. Además, en Milán era aún peor y Colnaghi había muerto.

Sobre aquel fondo de desolación, solo se recortaba aún Cattaneo: el viejo maestro que envejecía y resistía.

Cuando Doni conoció a Borsellino en 1990, en una reunión nacional de su corriente, Cattaneo fue la primera persona a la que telefoneó para intercambiar opiniones sobre el hombre y sobre la lucha contra la mafia.

Cuando, dos años después, afrontó su primer gran proceso contra la delincuencia organizada, a Cattaneo fue a quien expresó sus dudas, mientras creía que iba a enloquecer: aquellas noches terribles, llenas de ansiolíticos y pesadillas, mientras Elisa amenazaba con suicidarse porque su novio la había dejado, Claudia ya no sabía a quién más consultar y él luchaba línea a línea por un bien que no era el suyo.

Las relaciones entre su maestro y él se habían ido espaciando, pero era como si hubiesen ido consolidándose cada vez más.

Dejó atrás las salidas de Saronno y Turate. La autopista de los Lagos corría recta bajo aquella nube de lluvia, como una herida en una tierra rica y a un tiempo hostil.

De vez en cuando, Doni oía los relatos de los colegas que vivían por aquella parte e iban y venían con los trenes de los ferrocarriles del norte: una épica de retrasos en el límite de lo verosímil, pueblos en los que las luces se apagan a las ocho de la noche y no hay una librería, un teatro, un cine, nada... solo los barrios cutres del *hinterland* y gente que trabaja hasta reventar. Había algo malvado en la propia geometría de la zona: en su horizontalidad tal vez, en el equilibrio nunca logrado entre el campo y la ciudad.

Cuanto más subía hacia el norte, más se suavizaba el paisaje. Empezaban a surgir las colinas y, cuando salió en Grandate, Doni se sintió en cierto modo tranquilizado. Parado en un semáforo, consultó con la mano derecha el mapa que había impreso. Un bocinazo detrás de él le impidió comprobar el itinerario.

Al cabo de cinco minutos, se perdió. Lo sabía. Aquellos lugares no tenían señales ni indicación precisa alguna: parecían hechos a propósito para enloquecer a los forasteros. Se resignó a detenerse y preguntar a dos muchachos que estaban parados con sus bicicletas junto a un campo. Con las nuevas indicaciones, logró llegar al pueblo.

Desde allí fue sencillo: la casa de Cattaneo era la más alejada del centro, perdida al pie de un cerro distante, un chaletito de ladrillos rojos y vallado. Doni aparcó en la grava y se apeó. La lluvia se había vuelto más densa y el frío era intenso: solo había recorrido unos cincuenta kilómetros, pero el mundo, en comparación con Milán, parecía ya diferente, aún inmerso en el invierno.

Dos pastores alemanes acudieron a su encuentro sin ladrar. Doni llamó por el interfono —el vallado terminaba en una pequeña cancela— y esperó. Al cabo de unos minutos, Cattaneo salió a la puerta y le gritó que se acercara.

—No te preocupes, los perros son buenos —dijo.

Doni caminó por una línea de piedras que hacía de sendero. Los perros lo seguían olfateándole los tobillos. La hierba estaba empapada y el aire tenía un olor acre, áspero. Cuando Doni entró en la casa, se quitó el abrigo y Cattaneo lo cogió para colgarlo del perchero. Después se abrazaron.

—¿Cuánto tiempo hace que no nos vemos? —preguntó el viejo.
—Demasiado, creo.
—Te veo muy bien.
—¿Yo? Eres tú el que está siempre igual, profesor.

Doni lo contempló sonriendo. Sí, estaba siempre igual: bajo, regordete, con el pelo tupido, ya blanco, y las gafas ajustadas en la cara.

De la cocina salió su mujer. Doni la había visto solo dos veces. Era guapísima: una de esas mujeres en las que la edad avanzada no destruye las facciones ni las formas de otro tiempo, sino que les confiere una cualidad de esplendor otoñal. Era algo parecido al proceso que hace de un templo una ruina, no había destrucción en ella, sino solo conciencia de una época perdida... mientras que la del presente resultaba admirable por otros motivos, por otras razones.

—¿Cómo está? —preguntó.
—Bien —dijo Doni y le estrechó solo la punta de los dedos. Ella tenía los ojos azules y llevaba un vestido rojo que le daba un aire de niña.
—Me alegro de que haya venido a vernos. Aquí nadie viene nunca.

Doni sonrió. No sabía qué decir. Cattaneo lo dirigió con una mano en un hombro y le hizo sentarse en el sofá de la sala. La casa estaba revestida enteramente con madera y recordaba a una cabaña alpina. En la pared que tenía enfrente, Doni vislumbró un gran reloj de péndulo decimonónico.

—Adelante —dijo—. Cuéntamelo todo.

Y Doni contó de nuevo todo y aquella vez de verdad. Le habló de Elena Vicenzi, de Jaled, de los dos albañiles, de Mohamed, de sus dudas. No calló ni un solo detalle.

Transmitir aquella historia fue como recorrer de nuevo una carretera desierta y pelada, una de las que había visto al subir hacia el norte: asfalto destrozado, campos a los lados, rotondas que surgían de improviso y ninguna indicación sobre la dirección que seguir; solo la certeza de que no había modo de salir de ella; erais tú y la carretera, tú y la carretera.

Cattaneo escuchaba en silencio, con las manos apoyadas en su hinchado vientre.

—¿Qué puedo hacer? —dijo Doni al final.

Cattaneo se rascó una mejilla. Después se levantó y se acercó a la chimenea y, pese a que estaba apagada, removió con un tizón de hierro las cenizas que habían quedado. Al final, volvió a sentarse en el sofá.

—¿Crees que es inocente?

—Sí.

—¿Te parece una conclusión razonable?

—Bastante, pero no tengo pruebas contundentes.

—Reconstrúyeme tu versión.

—Jaled no estaba allí, estaba con Mohamed. La muchacha lo confundió con otro en las fotos y el muchacho lo confirmó por miedo y por necesidad de encontrar a un culpable. El hombre que disparó forma parte de una organización más amplia o, en cualquier caso, lo suficiente para enterarse apresuradamente de todo lo relativo al detenido y conseguir que se lo condenara. Probablemente amenazaran a Mohamed. El hecho de que Jaled, como prueba de gratitud al amigo que lo había ayudado, no citara su nombre, lo tranquilizó. Después entro en escena yo con la periodista. Se enteraron de aquella conversación y mataron a Mohamed como advertencia. Fin. —Una pausa—. Si todo esto es verdad, debo renunciar a la apelación y pedir la absolución.

Cattaneo asintió con la cabeza.

—Si todo esto es cierto —repitió—, si tu versión es correcta.

—Sí, pero en el fondo, ¿no contamos siempre versiones? Yo, el abogado y el juez. Siempre es así. Versiones de hechos que nunca comprobaremos de verdad, que ya han sucedido y son cosa del pasado.

Cattaneo sonrió.

—Ahora hablas como alguien que acaba de abrir un manual de Filosofía del Derecho. —Después se puso serio—: Me imagino que ya has pensado en lo que debes hacer.

Doni lanzó un largo suspiro y miró en línea recta delante de sí.

—He releído tres veces seguidas las actas del proceso. Hay defectos de forma. Las escuchas del teléfono móvil del muchacho, el novio de la pobre chica, se hicieron en las instalaciones de la policía y, como sabes, solo se pueden hacer en las del Ministerio Fiscal de la República.

—Pero, si las instalaciones resultan insuficientes, el Ministerio Público puede adoptar otra decisión.

—Sí, pero en el expediente no figura la motivación del Ministerio Público. Me imagino que se debió a las prisas o solo porque hubo que intervenir muy rápidamente, pero el caso es que no figura, y, por tanto, las escuchas, técnicamente, no son utilizables.

Cattaneo asintió con la cabeza y le hizo una seña para que prosiguiera.

—En el interrogatorio del muchacho que acusa a Jaled falta la advertencia establecida en el tercer párrafo del apartado c del artículo 64 de la Ley de Enjuiciamiento Criminal, el relativo a lo que se debe decir al interrogado antes de comenzar. —Doni citó de memoria—: «*Si debe prestar declaración sobre hechos relativos a la responsabilidad de otras personas, adquirirá, en relación con dichos hechos, la función de testigo, a reserva de las incompatibilidades establecidas en el artículo 197 y las garantías citadas en el artículo 197 bis*». —Después miró a Cattaneo con una sonrisa propia de un estudiante modélico, y añadió—: Habrá sido una bromita del ordenador. Yo aborrezco los ordenadores y me espero cualquier cosa de ellos. Será lo que sea, tal vez sea una señal del destino, pero no está. No figura. Las declaraciones son inutilizables.

»Por último, el detalle más concreto. Las palabras de la muchacha resultan a veces incoherentes y las condiciones de salud en el momento en que se consiguieron no fueron las mejores precisamente, y en el álbum en el que insertaron la foto de Jaled, él era el único de piel bastante clara. Todos los demás eran más oscuros, un par de ellos centroafricanos incluso... nada tenían que ver. ¿Qué garantías puede entrañar una identificación de esa clase?

Cattaneo chasqueó la lengua.

—Todo me parece impecable.

—¿Entonces?

—No lo sé. Has venido a ver al viejo sabio en busca de consejo, pero me parece que tienes ya todo bien amarrado.

—Técnicamente, sí, pero solo quisiera comprender

cuál es la actuación justa. Tú también sabes en qué clase de follón me metería, si pidiera la absolución de Jaled.

Cattaneo soltó una risa estridente.

—Oh, no puedes imaginártelo siquiera.

—Exacto. Además, existen unas reglas.

—Sí. Así, pues, la cuestión es ver cuál es la actuación justa. Resulta interesante. —Se pasó una mano por la barbilla y guardó silencio todo un minuto, absorto en la reflexión—. Bien —dijo después—. Voy a remontarme más lejos, Roberto. Ya hemos hablado de ello muchas veces por extenso. Tú crees que la ley es una aproximación fiel a la justicia.

—No. Creo que la ley es la *única* aproximación a la justicia con que contamos. Reconozco la falibilidad de los legisladores; solo digo que, si nos abandonamos a la búsqueda de la justicia pura y simple, acabamos en el caos, y cualquier orden es preferible al caos.

Cattaneo levantó las manos.

—Sea como fuere, lo que yo te digo es que, para mí, las cosas son diferentes. Para mí, la ley es algo distinto de la justicia, en cualquier caso. La ley no es una luz, es el aire de una ciudad: contaminado, a veces irrespirable, pero necesario para vivir.

—No está muy alejado de lo que digo yo.

—No. Yo en el fondo soy un idealista y lo digo con todo el realismo de que soy capaz.

—De acuerdo, de acuerdo, pero, ¿qué harías tú en mi lugar?

—¿Qué haría? No lo sé. —Tosió y cambió de posición en el sofá—. Ahora mismo, como no tengo nada que perder, seguiría a mi conciencia y, aun teniendo todo que perder incluso, pero con veinte años menos que tú, haría lo mismo. A tu edad, no lo sé. Mira, incluso cuando me encadenaba en la universidad, no estaba seguro de lo que estaba haciendo. Creía en ello firmemente, desde luego, pero, ¿cómo puedes estar convencido de una cosa que puede arruinarte para siempre la carrera y crear problemas a tu familia? Pero fue entonces cuando comprendí la diferencia que media entre ejercer nuestra profesión y vivirla en primera persona, entre enseñar lo que sabes y ponerlo en práctica, y ni siquiera de eso estaba seguro. Nadie está nunca seguro. Por eso existen los ideales. Por eso necesitamos directrices, padres inspiradores y figuras de referencia... ya sean reales o no, porque hay un punto en el que el sentido común y la conducta racional se acaban y estamos destinados a seguir una opción sin informaciones suficientes para cumplirla como nos gustaría, sin pensar en las consecuencias.

Doni consideró aquellas palabras y después alzó la voz de pronto.

—Pero, ¡no es justo! Dios mío, ¿te das cuenta? Si renuncio a continuar con la apelación, estoy jodido. Lo perderé todo. Crearé dificultades a mi mujer y a mi hija. ¿Y debería hacerlo por un tunecino al que nunca he visto y que tal vez se lo haya inventado todo? No es justo. ¿Por qué yo? —Levantó la vista. Fue como si todo lo que no se había dicho, todos los pensamientos que había rumiado entretanto, estallaran a la vez—. ¿Por qué yo? Si con eso fuera a volverme una persona mejor, pues no quiero ser, ¡santo Dios!, una persona mejor. Ni siquiera sé por qué me metí en este lío. No lo sé ni lo quiero saber. Yo siempre he hecho las cosas como Dios manda y se acabó.

—A veces no es suficiente, Roberto.
—¿Y por qué no habría de serlo? ¿Por qué?
—Porque así es la vida.
Doni movió la cabeza con una sonrisa incrédula.
—Así es la vida: fantástico.
—A ver: ¿tú estás seguro de la culpabilidad de ese hombre?
—No, pero nadie está seguro de nada, ¿no?
Cattaneo levantó una mano para indicar que la conclusión estaba ahí, delante de ellos. Doni volvió a mover la cabeza y sintió que la sangre fluía hacia la parte baja de su cuerpo y notó un repentino cansancio en las sienes.
«Armas ligeras», pensó, y lo dijo en voz alta:
—Armas ligeras.
—¿Cómo?
—La periodista me dijo que todos usamos nuestras armas, armas ligeras, que no hay héroes.
Cattaneo se encogió de hombros.
—Un pensamiento trivial —comentó.
—Puede ser.
Permanecieron en silencio. La mujer de Cattaneo apareció al fondo y después desapareció en la cocina. Doni olfateó y notó —al principio no se había dado cuenta— un fuerte olor a enebro en el aire. Al final, se levantó y se limpió un polvo imaginario de los pantalones. Su tiempo había acabado.
—Me marcho, profesor —dijo—. Gracias por la charla.
Cattaneo lo miró de arriba abajo con cara inexpresiva.
—No hay de qué. En el fondo, no he dicho nada útil.
—Tal vez solo necesitara desahogarme.

Él le apretó un hombro con la mano.

—Llega un momento en que parece que la vida se nos plantara, toda entera, delante de la cara. Por lo general, ocurre a los veinte años; a veces, más tarde; más raras veces, cuando pensamos que ya está todo acabado y solo esperamos terminar en paz. —Entornó los ojos—. Lo siento, Roberto.

Este asintió con la cabeza y estrechó la mano que tenía en el hombro.

—Voy a despedirme de tu mujer —dijo.
—Creo que ha salido.
—De acuerdo.

Lo acompañó a la puerta. Uno de los perros se precipitó hacia ellos desde el fondo del prado. Había dejado de llover.

—Espero seguir la opción justa para todos —dijo Doni.
—Nunca hay una opción justa para todos —dijo Cattaneo—. Debes decidir qué es lo más importante.

Durante el viaje de regreso, Doni se detuvo en una gasolinera. Escogió el carril del autoservicio, aunque lo habitual era siempre que solicitara la ayuda de un empleado. Cogió la manguera, pulsó el botón de diez euros y la metió en la boca del depósito.

Mientras esperaba, miró el paisaje vacío en derredor, las torres de una fábrica que se alzaban en el horizonte, la autopista que corría hacia Milán. Delante de la caja, una mujer con pelo corto se apretaba contra un hombre. Estaba sacudida por los sollozos y mascullaba alguna cosa.

—No te preocupes —le decía él—. No te preocupes, no te preocupes, no te preocupes.

En cierta ocasión, Colnaghi llevó a Doni a lo alto de la Catedral. Debió de ser al final de 1978. Doni recordaba que el papa Juan Pablo I había muerto y los hombres de Dalla Chiesa acababan de irrumpir en Via Monte Nevoso, en la base de las Brigadas Rojas. Se hablaba mucho de algunas cartas de Moro encontradas en aquella guarida.

Habían ido a comer una tortilla en un restaurante cercano a Piazza Diaz y, mientras paseaban, Colnaghi había dicho de repente: «¿Vamos a ver a la Madonnina?».

Era un sábado de verano y, después de la hora de comer, la ciudad estaba calurosa y desierta. Doni se había encogido de hombros. Nunca había estado en el tejado de la Catedral y no le interesaba de forma particular, pero no quería contrariar a su amigo.

Montaron en el ascensor y subieron hasta arriba. La Catedral estaba entonces negra del *smog*, pero el cielo era extrañamente terso: en el añil del horizonte se veían los Alpes por el norte y la extensión de la llanura por el sur; bastaba dar una vuelta sobre sí mismo para sentirse en medio de algo especial, un lugar surgido en el más extraño de los espacios.

—¡Fíjate! —dijo Colnaghi, al tiempo que indicaba la Grigna y el Resegone.

Después, tras haber dado una palmada en el hombro a Doni, añadió:

—¿Sabes lo que te digo? Siento que no creas en Dios. Estás solo en medio del horror y el cielo azul, para ti, es solo un cielo azul.

Doni se rio.

—Disfruto muchísimo el cielo, aunque no necesite a Jesús y tampoco a la Madonnina. —Señaló la estatua de oro de más arriba.

—Tal vez tengas razón tú —reconoció Colnaghi.

Caminaron entre los pináculos como en un jardín elevado de piedra y mármol y las decoraciones de una antigüedad de siglos eran plantas esbeltas e inmortales.

En determinado momento, Colnaghi dijo:

—Sabes que ahora estoy ocupándome del terrorismo, ¿verdad?

—Sí y no te envidio precisamente.

Pero, pese al riesgo, lo envidiaba —¡y cómo!— por la carrera que había hecho. Por lo demás, Colnaghi siempre había sido el excelente, el que acertaba a la primera, el mejor de la clase.

—¿No tienes miedo? —preguntó Doni.

—¿Sinceramente? No. Solo tengo miedo de pifiarla en el trabajo, de equivocarme. Ya sabes lo que pienso: excepciones siempre, errores nunca. En estas situaciones, no podemos permitirnos el lujo de cometer errores. —Esperó un instante y después añadió—: Mira, hagamos un trato. Si yo cometo alguna pifia, tú me ayudas a resolverla y viceversa. De ti me fío.

—Lo que a mí me tocará, como máximo, serán homicidios en provincias.

—Es igual. Concertemos una alianza en regla. Si tú cometes alguna pifia, yo te ayudaré a resolverla. Prometido queda.

Le tendió la mano.

—Me parece una cosa un poco de maricas —dijo Doni al estrechársela.

Colnaghi se rio con ganas.

—Estás afinando tu sentido del humor. ¡Bravo! —Liberó la mano y la posó en el hombro de su amigo—. Entonces estamos de acuerdo. Por cada uno que pierdas, yo salvaré otro y, por cada uno que pierda yo, tú salvarás otro.

—¿Y si ya no te quedan más? —dijo sonriendo Doni.

—Entonces salvarás otro —dijo Colnaghi.

33

Volvió a ver a Elena Vicenzi tres días antes del proceso de apelación. La llamó y le dijo que le gustaría saludarla y tranquilizarla: nadie le haría daño.

Se encontraron en el centro, al atardecer. Ella llegó en bicicleta, pese a que el tiempo amenazaba lluvia. Había grandes nubes plomizas y un viento cargado de ozono.

Fueron al mismo bar al que Doni la había llevado la primera vez, pero el dueño les dijo que iba a cerrar. Encontraron un pub en el que él nunca se había fijado, un poco más lejos, hacia la Universidad. Elena pidió una cerveza y Doni un vaso de vino tinto. Elena le contó que una señora había pedido en la librería *El guardián*, de un tal Holden, y Doni se rio. Era como la reunión de un viejo profesor y una exalumna y hasta después de un cuarto de hora no se armó ella de valor para hablar francamente.

—No puedo dejar de preguntárselo —comenzó.

—Todavía no he decidido nada —la interrumpió Doni.

—Pero ya se ha hecho una idea del caso.

—Más de una.

—¿Y cree aún en la idoneidad de su apelación?

Doni no respondió. Ella esperó y después se encogió

de hombros. El cristal del local se manchó de repente con la lluvia: motas transparentes que nublaban la vista de la calle.

—Ya sabe lo que sucedió, ¿verdad? —dijo Elena.

—Tengo una reconstrucción, pero no hechos.

—Oh, por favor, por favor.

—Solo digo lo que hay. No hay hechos, hay coincidencias graves, pero no hechos.

—Entonces, según usted, ¿mataron a Mohamed por *una coincidencia*?

—No he dicho eso.

Elena lanzó un largo suspiro.

—Mire, si no quiere, yo nada puedo hacer y en el fondo tampoco puedo reprochárselo. Me ha dicho que arriesga mucho y lo creo y, desde luego, tiene mucho más que perder que yo. En el fondo no nos conocemos bien y hemos acabado juntos en un asunto tremendo. ¡Qué cómico! ¿No? —Sonrió—. Pero esto no nos concierne solo a usted y a mí, sino a todos. Siempre que hacemos como si nada, muere un pedazo del mundo y, por tanto, debemos recurrir a lo que tenemos.

—Armas ligeras —dijo Doni.

—Exacto. Yo tengo las mías y usted las suyas.

Doni miró los coches que corrían por Via Larga: la procesión sin fin de gente que volvía del trabajo. Un vendedor indio pasaba su ramo de flores por el agua de la fuentecilla de Piazza Santo Stefano.

Todo parecía fluir y funcionar perfectamente, aun sin ellos, aun sin el deber de elegir, sin tormento interior alguno: la profundísima piedad del mundo, que lo sumerge todo.

—Me gustaría enseñarte una cosa —dijo.

—¿El qué?

—Una cosa.

Ella asintió con la cabeza. Parecía un poco cansada. Volvieron juntos hasta delante del Palacio de Justicia, mientras aumentaba la intensidad de la lluvia. Elena se puso la bolsa sobre la cabeza para protegerse. Doni la llevó a Via Manara y se acercó a la superficie de las paredes. Levantó un brazo.

—¿Ves esas manchas? —dijo.

—¿Cuáles?

—Las manchas en las losas. ¿Las ves?

—Ah, sí.

—No son manchas, sino clavos.

Ella se volvió a mirarlo.

—¿Clavos?

—Sí. Están ahí porque, de lo contrario, las losas se caerían. Cuando elevaron el Palacio —levantó un brazo hacia la vidriera negra—, la estructura empezó a ceder y existía el peligro de que las losas de mármol se desplomaran. Así, pues, pusieron clavos de expansión.

—Pero es absurdo.

Doni se encogió de hombros.

—¿Por qué quería enseñarme esto? —preguntó Elena.

—No quería enseñarte esto o, al menos, no solo esto. Digamos que desde los días en que nos conocimos empecé a pensar en los clavos, pero no era eso lo que quería mostrarte. Ven.

Caminaron a lo largo de la calle y llegaron a la parte trasera. Doni la hizo volverse. La fachada posterior del Palacio era como un segundo crepúsculo excavado en el primero.

—Lee ese rótulo —dijo Doni.

—¿Cuál?
—Ese. *Fiat iustitia...*
—*Fiat iustitia ne pereat mundus* —leyó Elena.
—¿Sabes lo que significa?
—¿Hágase justicia para que no muera el mundo?
—Exacto.
—Hace doce años que acabé el bachillerato, pero me defiendo bastante bien —dijo sonriendo.
—Ya —dijo Doni—. Es una lástima que en esa frase haya un error.
—¿Un error?
—Sí. La frase original era diferente, pero durante el fascismo la corrigieron... probablemente porque parecía demasiado fuerte, demasiado absoluta, demasiado gratuita en cierto modo, pero lo de verdad interesante es que nunca se enmendó: como si en cierto modo este Palacio quisiera conservar la versión errónea de las cosas, aunque, naturalmente, no es así. —Suspiró—. No quiero darte la impresión de que aborrezca este lugar o me parezca absurdo; solo que, a veces... No sé.
—¿Y cuál era la frase original? —preguntó Elena.
Doni entornó apenas los ojos y miró la pared.
—*Fiat iustitia et pereat mundus* —dijo recalcando la conjunción—. Hágase justicia, aunque perezca el mundo. Hágase justicia, ocurra lo que ocurra. —Se volvió de nuevo hacia ella—. Nada, solo quería enseñártelo. Es algo que pocos saben y de lo que nunca hablo con nadie, pero es extraño, ¿no?
—Sí —dijo Elena.
—¿Qué te parece?
—Que es extraño.
—Sí, en efecto.

—Sí.

Permanecieron un largo rato en silencio, con los ojos fijos en el rótulo en relieve de la pared, los grandes caracteres y el error que entrañaban desafiando el tiempo. No había automóvil alguno por las calles. No se oía ruido alguno, salvo el de la lluvia que azotaba el asfalto.

Al cabo de unos instantes, Elena estrechó la mano al viejo magistrado.

—Gracias por todo —dijo—. Espero volver a verlo, algún día.

Arrodillado en la silla, Doni contemplaba el *San José* de La Tour. Tenía la nariz a pocos centímetros de la reproducción. Intentaba distinguir los matices entre los dedos del ángel y la barba de San José: cerciorarse de si el primero estaba haciendo cosquillas al segundo o a punto de rozarlo.

El contraste entre el brazo del ángel y el rostro del durmiente era muy marcado: dos dimensiones que no parecían conciliables. El sueño era más denso y material que la realidad y parecía que fuese el ángel quien soñara al santo y alargase aquella mano para cerciorarse de si estaba vivo o no, en condiciones de recibir su palabra.

Volvió a sentarse y con un movimiento del ratón eliminó la oscuridad del salvapantallas. Era el día anterior al de la apelación y Doni había pasado la mañana borrando por entero y reescribiendo el contenido del archivo *Testamento*.

En su lugar, se veía:

CASO A.
Actuar, pero, ¿cómo?

Hablar con el fiscal general no tiene sentido. No tengo gran cosa que ofrecer (declaraciones no recogidas en las actas, noches impresionantes en Via Padova) y citar el nombre de Mohamed sería traicionar a Jaled.

Pedir que me sustituyan y ofrecerme de testigo no tiene sentido. El sustituto podría no pedir mi testimonio.

La única vía verdadera es la de **renunciar a la apelación.**
Consecuencias: graves. Es contrario a todas las reglas no escritas. Además, en un lugar en el que todo debe tener una motivación, decir «Renuncio» sin motivaciones es muy peligroso. (Desde luego, no puedo hablar de Elena.) Habría sospechas sobre mi integridad.
Pero, aunque crea que Jaled es inocente o al menos tenga una duda razonable sobre su culpabilidad, no basta.
Debo también **pedir la absolución.**

La propia palabra temblaba en la página, cargada de vibraciones. Doni reanudó la lectura:

Debo **pedir la absolución** por los defectos formales.
Una acusación que pide la absolución nunca está bien vista, ni siquiera por el abogado: si después el juez decide condenar, es peor aún para el imputado.
Consecuencias: muy graves. Con toda seguridad, una inspección, probablemente un procedimiento disciplinario. Riesgos enormes para mi reputación profesional.

Nota final: **aún podría no bastar**. El Tribunal podría decidir oír de nuevo a Jaled y la situación empeorar aún más.

Entonces, ¿qué?

En ese punto Doni se detuvo.

El documento se interrumpía en una serie de líneas blancas, como un precipicio repentino. Bajó con el ratón hasta la nueva página y releyó también las últimas tres líneas, que ocupaban la pantalla con su límpida perfección:

CASO B.
No actuar.
Vivir feliz.

Centró el párrafo y aumentó el tamaño del carácter hasta que las letras tocaron los márgenes de la página. Las palabras «Vivir feliz» sonaban en aquel momento como una imploración.

Luego lo borró todo, cerró el archivo, lo mandó a la papelera de reciclaje y cruzó los brazos. Lo único que debía hacer era esperar. Hacer las cosas bien. Hacer las cosas bien. Era un mediocre que siempre había creído en los pequeños pasos, como cuando estudiaba el *Manual de armonía* para seducir a Claudia y escuchaba a Schumann con la partitura delante para seguir la melodía, sordo a la belleza, pero decidido a extraer una enseñanza de ella.

No hay certeza en este mundo, ninguna certeza.

Pero por cada uno que perdáis yo salvaré otro.

35

El día del proceso de apelación, Doni se despertó a las cinco de la mañana. Esperó a recordar algún sueño iluminador o tan solo premonitorio, pero tenía la mente en blanco.

En seguida la cama le resultó intolerable. Se levantó y fue a lavarse en el cuarto de baño. Se dio una ducha y después se colocó delante del espejo en ropa interior. El delgado tórax estaba lleno de pelos blancos y negros. Mezcló el jabón para la barba en un cuenco y añadió agua hirviente. La condensación del vapor oscureció en parte su imagen. Después se extendió el jabón por la barbilla y las mejillas con una brocha y empezó a rasurarse.

Cuando hubo acabado, se masajeó con un poco de loción para después del afeitado y volvió a lavarse las axilas. Salió del cuarto de baño, entró en silencio en el dormitorio y cogió la ropa del perchero.

En el salón el aire estaba caliente y viciado, pues se sentía aún el olor de la cena anterior: un leve aroma a frito y a menta. Se puso la ropa que había dejado en el sofá y miró en derredor. Nunca se había dado cuenta de lo grande que era la casa. Había demasiado espacio para dos viejos.

Después se tumbó y miró fijamente el techo o la oscuridad que lo ocupaba.

¿Cómo acabaría el asunto...?

Él sabía cómo acabaría: las partes indignadas, los blogs y los medios de información contra él, una denuncia de los padres de la muchacha, descrédito social, la furia del presidente de la sección, un interrogatorio en el Parlamento...

Lo atacarían por doquier, desde *Porta a porta* hasta la *Repubblica*. La gente se indignaría, Milán lo rechazaría, después lo perdonarían sin olvidar nunca de verdad, como ocurre siempre en Italia.

Adiós a la fiscalía de provincias: adiós a la serenidad, adiós a Claudia y a Elisa. A saber lo que dirían de él, qué terremoto provocaría en sus almas.

Tal vez pudiera reciclarse con la Asociación Avvocato di Strada, pero de alguien que ha traicionado una causa, sea cual fuere, se desconfía. Además, es que no conseguía verse en el papel de un hombre así, sin posibilidades, sin la vida que había cincelado con esfuerzo en todos sus detalles.

El razonamiento tocó a su fin cuando comprendió que lo más desgarrador era otra cosa. Era la idea de que también Elena lo olvidaría: que pasaría a otras batallas y crearía una familia e incluso se volvería una egoísta, una persona resignada y feliz como tantas.

O tal vez no.

Tal vez volviera a llevarlo a Via Padova. Volverían a

estar juntos combatiendo y bebiendo una cerveza y él volvería a experimentar aquella sensación, el cuerpo tenso en el vacío, el abismo de la decisión y solo una muchacha desconocida guiando su mano.

Se imaginó pronunciando la requisitoria que había preparado, frase tras frase, la mirada de Jaled en la jaula, sus ojos, un hombre que nunca conocería y que seguiría unido a él para siempre, unidos los dos en la lealtad a algo: a un bien mayor que el propio.

Doni se levantó. Cogió la fotografía de Elisa que tenía en el salón: tomada justo después de que se licenciara, con la cara fresca y sonriente y el pelo aún largo, que le caía en mechones sobre los hombros. Posó los labios en el cristal y dejó un pequeño halo. Después volvió al dormitorio y contempló a su mujer dormida y sonrió.

Luego tomó la corbata, recogió el expediente del proceso y salió.

Fuera del portal, el alba lo embistió y lo estremeció. Hacía frío y el cielo estaba gris. Las luces de las farolas hacían del paseo una tabla uniforme, un fondo de La Tour sin llama alguna: hasta que Doni comprendió que la llama era él mismo, era lo que llevaba consigo. No había otros fuegos que buscar y defender ahí fuera.

Esa conciencia no le brindó más convicción. No lo hizo sentirse mejor, pero algo así como una liberación lo atravesó de arriba abajo, la idea de hacer un gesto que no requeriría explicaciones... que no requeriría perdón.

Dio el primer paso por la acera. Desde su casa eran doce minutos de camino.

Tal vez los clavos del Palacio permanecerían para siempre.
 Él, no.

«La justicia sin la fuerza es irrisoria;
la fuerza sin justicia es tiranía.»
BLAISE PASCAL

Desde LIBROS DEL ASTEROIDE queremos agradecerle el tiempo
que ha dedicado a la lectura de *Por ley superior*.
Esperamos que el libro le haya gustado y le animamos
a que, si así ha sido, lo recomiende a otro lector.

Al final de este volumen nos permitimos proponerle
otros títulos de nuestra colección.

Queremos animarle también a que nos visite
en www.librosdelasteroide.com y en www.facebook.com/librosdelasteroide,
donde encontrará información completa y detallada sobre todas nuestras
publicaciones y podrá ponerse en contacto con nosotros
para hacernos llegar sus opiniones y sugerencias.
Le esperamos.

«Una obra de obligada lectura por sus valores no solo literarios, y que (...) resonará con fuerza en el oído, pero también en el corazón, de los lectores de un país como el nuestro, cuyos años de plomo todavía no han sido novelados con la atención debida.» **Ricardo Menéndez Salmón**

«Alternando voces narrativas y sacando buen partido de los recursos expresivos del diálogo, Fontana retrata a través del detalle un tiempo del que por lejano que pueda parecer apenas nos separan tres decenios, para acabar transcendiéndolo y proponer una reflexión sobre cómo la verdad es el sustento de la justicia.»
Xesús Fraga (La Voz de Galicia)

Otros títulos publicados por Libros del Asteroide:

1. En busca del barón Corvo, **A.J.A. Symons**
2. A la caza del amor, **Nancy Mitford**
3. Dos inglesas y el amor, **Henri Pierre Roché**
4. Los inquilinos de Moonbloom, **Edward L. Wallant**
5. Suaves caen las palabras, **Lalla Romano**
6. Historias de Pekín, **David Kidd**
7. El quinto en discordia, **Robertson Davies**
8. Memoria del miedo, **Andrew Graham-Yooll**
9. Vida e insólitas aventuras del soldado Iván Chonkin, **Vladímir Voinóvich**
10. Las diez mil cosas, **Maria Dermoût**
11. Amor en clima frío, **Nancy Mitford**
12. Vinieron como golondrinas, **William Maxwell**
13. De Profundis, **José Cardoso Pires**
14. Hogueras en la llanura, **Shohei Ooka**
15. Mantícora, **Robertson Davies**
16. El mercader de alfombras, **Phillip Lopate**
17. El maestro Juan Martínez que estaba allí, **Manuel Chaves Nogales**
18. La mesilla de noche, **Edgar Telles Ribeiro**
19. El mundo de los prodigios, **Robertson Davies**
20. Los vagabundos de la cosecha, **John Steinbeck**
21. Una educación incompleta, **Evelyn Waugh**
22. La hierba amarga, **Marga Minco**
23. La hoja plegada, **William Maxwell**
24. El hombre perro, **Yoram Kaniuk**
25. Lluvia negra, **Masuji Ibuse**
26. El delator, **Liam O'Flaherty**
27. La educación de Oscar Fairfax, **Louis Auchincloss**
28. Personajes secundarios, **Joyce Johnson**
29. El vaso de plata, **Antoni Marí**
30. Ángeles rebeldes, **Robertson Davies**
31. La bendición, **Nancy Mitford**
32. Vientos amargos, **Harry Wu**
33. Río Fugitivo, **Edmundo Paz Soldán**
34. El Pentateuco de Isaac, **Angel Wagenstein**
35. Postales de invierno, **Ann Beattie**
36. El tiempo de las cabras, **Luan Starova**
37. Adiós, hasta mañana, **William Maxwell**
38. Vida de Manolo, **Josep Pla**
39. En lugar seguro, **Wallace Stegner**
40. Me voy con vosotros para siempre, **Fred Chappell**
41. Niebla en el puente de Tolbiac, **Léo Malet**
42. Lo que arraiga en el hueso, **Robertson Davies**
43. Chico de barrio, **Ermanno Olmi**
44. Juan Belmonte, matador de toros, **Manuel Chaves Nogales**
45. Adiós, Shanghai, **Angel Wagenstein**
46. Segundo matrimonio, **Phillip Lopate**
47. El hombre del traje gris, **Sloan Wilson**
48. Los días contados, **Miklós Bánffy**
49. No se lo digas a Alfred, **Nancy Mitford**

50 Las grandes familias, **Maurice Druon**
51 Todos los colores del sol y de la noche, **Lenka Reinerová**
52 La lira de Orfeo, **Robertson Davies**
53 Cuatro hermanas, **Jetta Carleton**
54 Retratos de Will, **Ann Beattie**
55 Ángulo de reposo, **Wallace Stegner**
56 El hombre, un lobo para el hombre, **Janusz Bardach**
57 Trilogía de Deptford, **Robertson Davies**
58 Calle de la Estación, 120, **Léo Malet**
59 Las almas juzgadas, **Miklós Bánffy**
60 El gran mundo, **David Malouf**
61 Lejos de Toledo, **Angel Wagenstein**
62 Jernigan, **David Gates**
63 La agonía de Francia, **Manuel Chaves Nogales**
64 Diario de un ama de casa desquiciada, **Sue Kaufman**
65 Un año en el altiplano, **Emilio Lussu**
66 La caída de los cuerpos, **Maurice Druon**
67 El río de la vida, **Norman Maclean**
68 El reino dividido, **Miklós Bánffy**
69 El rector de Justin, **Louis Auchincloss**
70 El infierno de los jemeres rojos, **Denise Affonço**
71 Roscoe, negocios de amor y guerra, **William Kennedy**
72 El pájaro espectador, **Wallace Stegner**
73 La bandera invisible, **Peter Bamm**
74 Cita en los infiernos, **Maurice Druon**
75 Tren a Pakistán, **Khushwant Singh**
76 A merced de la tempestad, **Robertson Davies**
77 Ratas de Montsouris, **Léo Malet**
78 Un matrimonio feliz, **Rafael Yglesias**
79 El frente ruso, **Jean-Claude Lalumière**
80 Télex desde Cuba, **Rachel Kushner**
81 A sangre y fuego, **Manuel Chaves Nogales**
82 Una temporada para silbar, **Ivan Doig**
83 Mi abuelo llegó esquiando, **Daniel Katz**
84 Mi planta de naranja lima, **José Mauro de Vasconcelos**
85 Los amigos de Eddie Coyle, **George V. Higgins**
86 Martin Dressler. Historia de un soñador americano, **Steven Millhauser**
87 Cristianos, **Jean Rolin**
88 Las crónicas de la señorita Hempel, **Sarah Shun-lien Bynum**
89 Canción de Rachel, **Miguel Barnet**
90 Levadura de malícia, **Robertson Davies**
91 Tallo de hierro, **William Kennedy**
92 Trifulca a la vista, **Nancy Mitford**
93 Rescate, **David Malouf**
94 Alí y Nino, **Kurban Said**
95 Todo, **Kevin Canty**
96 Un mundo aparte, **Gustaw Herling-Grudziński**
97 Al oeste con la noche, **Beryl Markham**
98 Algún día este dolor te será útil, **Peter Cameron**
99 La vuelta a Europa en avión. Un pequeño burgués en la Rusia roja, **Manuel Chaves Nogales**
100 Una mezcla de flaquezas, **Robertson Davies**
101 Ratas en el jardín, **Valentí Puig**

102 Mátalos suavemente, **George V. Higgins**
103 Pasando el rato en un país cálido, **Jose Dalisay**
104 1948, **Yoram Kaniuk**
105 El rapto de Britney Spears, **Jean Rolin**
106 A propósito de Abbott, **Chris Bachelder**
107 Jóvenes talentos, **Nikolai Grozni**
108 La jugada maestra de Billy Phelan, **William Kennedy**
109 El desbarajuste, **Ferran Planes**
110 Verano en English Creek, **Ivan Doig**
111 La estratagema, **Léa Cohen**
112 Bajo una estrella cruel, **Heda Margolius Kovály**
113 Un paraíso inalcanzable, **John Mortimer**
114 El pequeño guardia rojo, **Wenguang Huang**
115 El fiel Ruslán, **Gueorgui Vladímov**
116 Todo lo que una tarde murió con las bicicletas, **Llucia Ramis**
117 El prestamista, **Edward Lewis Wallant**
118 Coral Glynn, **Peter Cameron**
119 La rata en llamas, **George V. Higgins**
120 El rey de los tejones, **Philip Hensher**
121 El complot mongol, **Rafael Bernal**
122 Diario de una dama de provincias, **E. M. Delafield**
123 El estandarte, **Alexander Lernet-Holenia**
124 Espíritu festivo, **Robertson Davies**
125 El regreso de Titmuss, **John Mortimer**
126 De París a Monastir, **Gaziel**
127 ¡Melisande! ¿Qué son los sueños?, **Hillel Halkin**
128 Qué fue de Sophie Wilder, **Christopher R. Beha**
129 Vamos a calentar el sol, **José Mauro de Vasconcelos**
130 Familia, **Ba Jin**
131 La dama de provincias prospera, **E.M. Delafield**
132 Monasterio, **Eduardo Halfon**
133 Nobles y rebeldes, **Jessica Mitford**
134 El expreso de Tokio, **Seicho Matsumoto**
135 Canciones de amor a quemarropa, **Nickolas Butler**
136 K. L. Reich, **Joaquim Amat-Piniella**
137 Las dos señoras Grenville, **Dominick Dunne**
138 Big Time: la gran vida de Perico Vidal, **Marcos Ordóñez**
139 La quinta esquina, **Izraíl Métter**
140 Trilogía Las grandes familias, **Maurice Druon**
141 El libro de Jonah, **Joshua Max Feldman**
142 Cuando yunque, yunque. Cuando martillo, martillo, **Augusto Assía**
143 El padre infiel, **Antonio Scurati**
144 Una mujer de recursos, **Elizabeth Forsythe Hailey**
145 Vente a casa, **Jordi Nopca**
146 Memoria por correspondencia, **Emma Reyes**
147 Alguien, **Alice McDermott**
148 Comedia con fantasmas, **Marcos Ordóñez**
149 Tantos días felices, **Laurie Colwin**
150 Aquella tarde dorada, **Peter Cameron**
151 Signor Hoffman, **Eduardo Halfon**
152 Montecristo, **Martin Suter**
153 Asesinato y ánimas en pena, **Robertson Davies**
154 Pequeño fracaso, **Gary Shteyngart**
155 Sheila Levine está muerta y vive en Nueva York, **Gail Parent**

156 Adiós en azul, **John D. MacDonald**
157 La vuelta del torno, **Henry James**
158 Juegos reunidos, **Marcos Ordóñez**
159 El hermano del famoso Jack, **Barbara Trapido**
160 Viaje a la aldea del crimen, **Ramón J. Sender**
161 Departamento de especulaciones, **Jenny Offill**
162 Yo sé por qué canta el pájaro enjaulado, **Maya Angelou**
163 Qué pequeño es el mundo, **Martin Suter**
164 Muerte de un hombre feliz, **Giorgio Fontana**
165 Un hombre astuto, **Robertson Davies**
166 Cómo se hizo La guerra de los zombis, **Aleksandar Hemon**
167 Un amor que destruye ciudades, **Eileen Chang**
168 De noche, bajo el puente de piedra, **Leo Perutz**
169 Asamblea ordinaria, **Julio Fajardo Herrero**
170 A contraluz, **Rachel Cusk**
171 Años salvajes, **William Finnegan**
172 Pesadilla en rosa, **John D. MacDonald**
173 Morir en primavera, **Ralf Rothmann**
174 Una temporada en el purgatorio, **Dominick Dunne**
175 Felicidad familiar, **Laurie Colwin**
176 La uruguaya, **Pedro Mairal**
177 Yugoslavia, mi tierra, **Goran Vojnović**
178 Tiene que ser aquí, **Maggie O'Farrell**
179 El maestro del juicio final, **Leo Perutz**
180 Detrás del hielo, **Marcos Ordóñez**
181 El meteorólogo, **Olivier Rolin**
182 La chica de Kyushu, **Seicho Matsumoto**
183 La acusación, **Bandi**
184 El gran salto, **Jonathan Lee**
185 Duelo, **Eduardo Halfon**
186 Sylvia, **Leonard Michaels**
187 El corazón de los hombres, **Nickolas Butler**
188 Tres periodistas en la revolución de Asturias, **Manuel Chaves Nogales, José Díaz Fernández, Josep Pla**
189 Tránsito, **Rachel Cusk**
190 Al caer la luz, **Jay McInerney**